RELIURAL 1977

TÉLÉMAQUE.

TOME I.

LES AVENTURES

DE

TÉLÉMAQUE,

FILS D'ULYSSE.

PAR M. DE FÉNELON.

TOME PREMIER.

PAR ORDRE
DE Mᵍʳ LE COMTE D'ARTOIS.

A PARIS,

DE L'IMPRIMERIE DE DIDOT L'AÎNÉ.

M. DCC. LXXXI.

AVIS

DE L'IMPRIMEUR.

CETTE édition, dont on certifie la fidélité, a été collationnée avec la plus grande exactitude fur trois manufcrits précieux. Le premier, déposé par la famille de M. de Fénelon à la Bibliotheque du Roi, & communiqué par M. Bejot, dont les Savants connoifsent le zele pour le progrès des Lettres, eft l'Original écrit entièrement de la main de M. l'Archevêque de Cambray. Le fecond eft une copie authentique de l'original, corrigée & augmentée en beaucoup d'endroits par cet illuftre Prélat. Le troifieme

eſt une copie faite d'après le ſe-
cond, & porte quelques corrections
& additions de la main de l'Auteur.

Ces trois manuſcrits ont été
comparés entre eux, & avec les édi-
tions anciennes & modernes par
l'Imprimeur, ſous les yeux de M.
l'Abbé Gallard, Docteur de la Maiſon & Société de Sorbonne, Vicaire
général de Senlis, Dépoſitaire de
tous les manuſcrits de cet Auteur
célebre, dont il prépare une Edi-
tion complete.

TÉLÉMAQUE.

LIVRE PREMIER.

SOMMAIRE

DU LIVRE PREMIER.

Télémaque, conduit par Minerve sous la figure de Mentor, aborde, après un naufrage, dans l'isle de la Déefse Calypfo, qui regrettoit encore le départ d'Ulyfse. La Déefse le reçoit favorablement, conçoit de la paffion pour lui, lui offre l'immortalité, & lui demande fes aventures. Il lui raconte fon voyage à Pylos & à Lacédémone, fon naufrage fur la côte de Sicile, le péril où il fut d'être immolé aux mânes d'Anchife, le fecours que Mentor & lui donnerent à Acefte dans une incurfion de Barbares, & le foin que ce Roi eut de recon- noître ce fervice, en leur donnant un vaif- feau tyrien pour retourner en leur pays.

LES AVENTURES

DE

TÉLÉMAQUE.

LIVRE PREMIER.

Calypso ne pouvoit fe confoler du
départ d'Ulyfse. Dans fa douleur, elle fe
trouvoit malheureufe d'être immortelle.
Sa grotte ne réfonnoit plus de fon chant :
les Nymphes qui la fervoient n'ofoient lui
parler. Elle fe promenoit fouvent feule fur
les gazons fleuris dont un printemps éter-
nel bordoit fon isle ; mais ces beaux lieux,
loin de modérer fa douleur, ne faifoient
que lui rappeller le trifte fouvenir d'Ulyfse,
qu'elle y avoit vu tant de fois auprès d'elle.
Souvent elle demeuroit immobile fur le

rivage de la mer, qu'elle arrofoit de fes larmes; & elle étoit fans cefse tournée vers le côté où le vaifseau d'Ulyfse, fendant les ondes, avoit difparu à fes yeux.

Tout-à-coup elle apperçut les débris d'un navire qui venoit de faire naufrage, des bancs de rameurs mis en pieces, des rames écartées çà & là fur le fable, un gouvernail, un mât, des cordages flottant fur la côte : puis elle découvre de loin deux hommes, dont l'un paroifsoit âgé ; l'autre, quoique jeune, refsembloit à Ulyfse. Il avoit fa douceur & fa fierté, avec fa taille & fa démarche majeftueufe. La Déefse comprit que c'étoit Télémaque, fils de ce héros : mais, quoique les Dieux furpafsent de loin en connoifsance tous les hommes, elle ne put découvrir qui étoit cet homme vénérable dont Télémaque étoit accompagné. C'eft que les Dieux fupérieurs cachent aux inférieurs tout ce qu'il leur plaît ; & Minerve, qui accompagnoit Télémaque sous la figure de Mentor, ne vouloit pas être connue de Calypfo.

Cependant Calypfo fe réjouifsoit d'un naufrage qui mettoit dans fon isle le fils d'Ulyfse, fi femblable à fon pere. Elle s'avance vers lui ; & fans faire femblant de favoir qui il eft : D'où vous vient, lui dit-elle, cette témérité d'aborder en mon isle ? Sachez, jeune étranger, qu'on ne vient point impunément dans mon empire. Elle tâchoit de couvrir fous ces paroles menaçantes la joie de fon cœur, qui éclatoit malgré elle fur fon vifage.

Télémaque lui répondit : O vous, qui que vous foyez, mortelle ou déefse, quoiqu'à vous voir on ne puifse vous prendre que pour une Divinité, seriez-vous infenfible au malheur d'un fils qui, cherchant fon pere à la merci des vents & des flots, a vu brifer fon navire contre vos rochers ? Quel eft donc votre pere que vous cherchez ? reprit la Déefse. Il fe nomme Ulyfse, dit Télémaque ; c'eft un des Rois qui ont, après un fiege de dix ans, renversé la fameufe Troie. Son nom fut célebre dans toute la Grece & dans toute l'Afie, par fa valeur dans les combats, & plus encore par sa sagesse dans les conseils. Maintenant, errant dans toute l'étendue des mers, il parcourt tous les écueils les plus terribles. Sa patrie semble fuir devant lui. Pénélope sa femme, & moi, qui suis son fils, nous avons perdu l'espérance de le revoir. Je cours, avec les mêmes dangers que lui, pour apprendre où il est. Mais que dis-je ! peut-être qu'il est maintenant enseveli dans les profonds abîmes de la mer. Ayez pitié de nos malheurs; & si vous savez, ô Déesse, ce que les destinées ont fait pour sauver ou pour perdre Ulysse, daignez en instruire son fils Télémaque.

Calypso, étonnée & attendrie de voir dans une si vive jeunesse tant de sagesse & d'éloquence, ne pouvoit rassasier ses yeux en le regardant; & elle demeuroit en silence. Enfin elle lui dit : Télémaque, nous vous apprendrons ce qui est arrivé à votre pere. Mais l'histoire en est longue : il est temps de vous délasser de tous vos travaux; venez dans ma demeure, où je vous

recevrai comme mon fils : venez, vous serez ma confolation dans cette folitude ; &
je ferai votre bonheur, pourvu que vous
fachiez en jouir.

Télémaque fuivoit la Déefse environnée d'une foule de jeunes Nymphes au-deffus defquelles elle s'élevoit de toute la tête,
comme un grand chêne dans une forêt
éleve fes branches épaifses au-defsus de tous
les arbres qui l'environnent. Il admiroit
l'éclat de fa beauté, la riche pourpre de fa
robe longue & flottante, fes cheveux noués
par derriere négligemment mais avec grace, le feu qui fortoit de fes yeux, & la douceur qui tempéroit cette vivacité. Mentor,
les yeux baifsés, gardant un filence mo-
defte, fuivoit Télémaque.

On arrive à la porte de la grotte de
Calypfo, où Télémaque fut furpris de voir,
avec une apparence de fimplicité rufti-
que, tout ce qui peut charmer les yeux.
On n'y voyoit ni or, ni argent, ni marbre, ni colonnes, ni tableaux, ni ftatues :
cette grotte étoit taillée dans le roc, en

voûtes pleines de rocailles & de coquilles ;
elle étoit tapifsée d'une jeune vigne, qui
étendoit fes branches fouples également
de tous côtés. Les doux zéphyrs confer-
voient en ce lieu, malgré les ardeurs du
foleil, une délicieufe fraîcheur : des fontaines, coulant avec un doux murmure fur
des prés femés d'amarantes & de violettes, formoient en divers lieux des bains
auffi purs & auffi clairs que le cryftal :
mille fleurs naifsantes émailloient les tapis
verds dont la grotte étoit environnée. Là,
on trouvoit un bois de ces arbres touffus
qui portent des pommes d'or, & dont la
fleur, qui fe renouvelle dans toutes les faifons, répand le plus doux de tous les parfums ; ce bois fembloit couronner ces belles
prairies, & formoit une nuit que les rayons
du foleil ne pouvoient percer : là, on n'entendoit jamais que le chant des oifeaux,
ou le bruit d'un ruifseau qui, fe précipitant
du haut d'un rocher, tomboit à gros bouil-
lons pleins d'écume, & s'enfuyoit au travers de la prairie.

La grotte de la Déeſse étoit ſur le penchant d'une colline : de là on découvroit la
mer, quelquefois claire & unie comme une
glace, quelquefois follement irritée contre
les rochers, où elle ſe briſoit en gémiſsant
& élevant ſes vagues comme des montagnes : d'un autre côté on voyoit une riviere
où ſe formoient des isles bordées de tilleuls
fleuris & de hauts peupliers qui portoient
leurs têtes ſuperbes juſques dans les nues.
Les divers canaux qui formoient ces isles
ſembloient ſe jouer dans la campagne : les
uns rouloient leurs eaux claires avec rapi-
dité ; d'autres avoient une eau paiſible &
dormante ; d'autres, par de longs détours,
revenoient ſur leurs pas, comme pour re-
monter vers leur ſource, & ſembloient ne
pouvoir quitter ces bords enchantés. On
appercevoit de loin des collines & des montagnes qui ſe perdoient dans les nues, &
dont la figure bizarre formoit un horizon
à ſouhait pour le plaiſir des yeux. Les montagnes voiſines étoient couvertes de pam-
pre verd qui pendoit en feſtons : le raiſin,

plus éclatant que la pourpre, ne pouvoit se cacher sous les feuilles, & la vigne étoit accablée sous son fruit. Le figuier, l'olivier, le grenadier, & tous les autres arbres, couvroient la campagne, & en faisoient un grand jardin.

Calypso ayant montré à Télémaque toutes ces beautés naturelles, lui dit : Reposez-vous ; vos habits sont mouillés, il est temps que vous en changiez : ensuite nous nous reverrons ; & je vous raconterai des histoires dont votre cœur sera touché. En même temps elle le fit entrer avec Mentor dans le lieu le plus secret & le plus reculé d'une grotte voisine de celle où la Déesse demeuroit. Les Nymphes avoient eu soin d'allumer en ce lieu un grand feu de bois de cedre, dont la bonne odeur se répandoit de tous côtés ; & elles y avoient laissé des habits pour les nouveaux hôtes.

Télémaque, voyant qu'on lui avoit destiné une tunique d'une laine fine dont la blancheur effaçoit celle de la neige, & une robe de pourpre avec une broderie d'or, prit le plaifir qui eft naturel à un jeune homme, en confidérant cette magnificence.

Mentor lui dit d'un ton grave : Sont-ce donc là, ô Télémaque, les pensées qui doivent occuper le cœur du fils d'Ulyfse ? Songez plutôt à foutenir la réputation de votre pere, & à vaincre la fortune qui vous perfécute. Un jeune homme qui aime à fe parer vainement comme une femme eft indigne de la fagefse & de la gloire. La gloire n'eft due qu'à un cœur qui sait fouffrir la peine & fouler aux pieds les plaifirs.

Télémaque répondit en foupirant : Que les Dieux me fafsent périr plutôt que de fouffrir que la mollefse & la volupté s'emparent de mon cœur ! Non, non, le fils d'Ulyfse ne sera jamais vaincu par les charmes d'une vie lâche & efféminée. Mais quelle faveur du Ciel nous a fait trouver, après notre naufrage, cette déefse ou cette mortelle qui nous comble de biens ?

Craignez, repartit Mentor, qu'elle ne vous accable de maux ; craignez fes trompeufes douceurs plus que les écueils qui ont brisé votre navire : le naufrage & la mort sont moins funeftes que les plaifirs qui attaquent la vertu. Gardez-vous bien de croire ce qu'elle vous racontera. La jeunefse eft préfomptueufe, elle fe promet tout d'elle-même : quoique fragile, elle croit pouvoir tout, & n'avoir jamais rien à craindre ; elle fe confie légèrement & fans précaution. Gardez-vous d'écouter les paroles douces & flatteufes de Calypfo, qui fe glifseront comme un ferpent sous les fleurs ; craignez ce poifon caché : défiez-vous de vous-même ; & attendez toujours mes confeils.

Enfuite ils retournerent auprès de Calypfo, qui les attendoit. Les Nymphes, avec leurs cheveux trefsés & des habits blancs, fervirent d'abord un repas fimple, mais exquis pour le goût & pour la propreté. On n'y voyoit aucune autre viande que celle des oifeaux qu'elles avoient pris dans les filets, ou des bêtes qu'elles avoient percées de leurs fleches à la chafse : un vin

plus doux que le nectar couloit des grands
vases d'argent dans des tasses d'or couron-
nées de fleurs. On apporta dans des corbeilles tous les fruits que le printemps promet & que l'automne répand sur la terre.
En même temps quatre jeunes Nymphes
se mirent à chanter. D'abord elles chante-
rent le combat des Dieux contre les Géants,
puis les amours de Jupiter & de Sémélé, la
naissance de Bacchus & son éducation conduite par le vieux Silene, la course d'Ata-
lante & d'Hippomene qui fut vainqueur
par le moyen des pommes d'or venues du
jardin des Hespérides : enfin, la guerre de
Troie fut aussi chantée ; les combats d'U-
lysse & sa sagesse furent élevés jusqu'aux
cieux. La premiere des Nymphes, qui s'appelloit Leucothoé, joignit les accords de
sa lyre aux douces voix de toutes les autres.

Quand Télémaque entendit le nom de
son pere, les larmes qui coulerent le long
de ses joues donnerent un nouveau lustre à
sa beauté. Mais comme Calypso apperçut

qu'il ne pouvoit manger, & qu'il étoit faisi de douleur, elle fit figne aux Nymphes. A l'inftant on chanta le combat des Centaures avec les Lapithes, & la defcente d'Orphée aux enfers pour en retirer Eurydice.

Quand le repas fut fini, la Déefse prit Télémaque, & lui parla ainfi : Vous voyez, fils du grand Ulyfse, avec quelle faveur je vous reçois. Je suis immortelle : nul mortel ne peut entrer dans cette isle fans être puni de fa témérité ; & votre naufrage même ne vous garantiroit pas de mon indignation, fi d'ailleurs je ne vous aimois. Votre pere a eu le même bonheur que vous : mais, hélas ! il n'a pas su en profiter. Je l'ai gardé long-temps dans cette isle : il n'a tenu qu'à lui d'y vivre avec moi dans un état immortel ; mais l'aveugle paffion de retourner dans fa misérable patrie lui fit rejetter tous ces avantages. Vous voyez ce qu'il a perdu pour Ithaque qu'il n'a pu revoir. Il voulut me quitter, il partit ; & je fus vengée par la tempête : fon vaifseau, après avoir été long-temps le jouet des vents, fut enseveli dans les ondes. Profitez d'un si triste exemple. Après son naufrage, vous n'avez plus rien à espérer, ni pour le revoir, ni pour régner jamais dans l'isle d'Ithaque après lui : consolez-vous de l'avoir perdu, puisque vous trouvez ici une Divinité prête à vous rendre heureux, & un royaume qu'elle vous offre.

La Déesse ajouta à ces paroles de longs discours pour montrer combien Ulysse avoit été heureux auprès d'elle : elle raconta ses aventures dans la caverne du Cyclope Polypheme, & chez Antiphates, Roi des Lestrigons : elle n'oublia pas ce qui lui étoit arrivé dans l'isle de Circé, fille du Soleil, ni les dangers qu'il avoit courus entre Scylla & Charybde. Elle représenta la derniere tempête que Neptune avoit excitée contre lui quand il partit d'auprès d'elle. Elle voulut faire entendre qu'il étoit péri dans ce naufrage, & elle supprima son arrivée dans l'isle des Phéaciens.

Télémaque, qui s'étoit d'abord aban-

donné trop promptement à la joie d'être si
bien traité de Calypfo, reconnut enfin fon
artifice, & la fagefse des confeils que Mentor venoit de lui donner. Il répondit en peu
de mots : O Déefse, pardonnez à ma douleur: maintenant je ne puis que m'affliger ;
peut-être que dans la suite j'aurai plus de
force pour goûter la fortune que vous
m'offrez : laifsez-moi en ce moment pleurer mon pere ; vous favez mieux que moi
combien il mérite d'être pleuré.

Calypfo n'ofa d'abord le prefser davantage : elle feignit même d'entrer dans fa
douleur, & de s'attendrir pour Ulyfse.
Mais pour mieux connoître les moyens de
toucher le cœur du jeune homme, elle lui
demanda comment il avoit fait naufrage,
& par quelles aventures il étoit fur fes côtes. Le récit de mes malheurs, dit-il, seroit
trop long. Non, non, répondit-elle ; il me
tarde de les favoir, hâtez-vous de me les
raconter. Elle le prefsa long-temps. Enfin
il ne put lui réfifter ; & il parla ainfi :

J'étois parti d'Ithaque pour aller de-

mander aux autres Rois revenus du ſiege
de Troie des nouvelles de mon pere. Les
amants de ma mere Pénélope furent ſurpris
de mon départ ; j'avois pris soin de le leur
cacher, connoiſant leur perfidie. Neſtor,
que je vis à Pylos, ni Ménélas, qui me reçut avec amitié dans Lacédémone, ne pu-
rent m'apprendre ſi mon pere étoit encore
en vie. Laſſé de vivre toujours en ſuſpens
& dans l'incertitude, je me réſolus d'aller
dans la Sicile, où j'avois ouï dire que mon
pere avoit été jetté par les vents. Mais le
ſage Mentor, que vous voyez ici préſent,
s'oppoſoit à ce téméraire deſſein : il me
repréſentoit d'un côté les Cyclopes, géants
monſtrueux qui dévorent les hommes ; de
l'autre la flotte d'Enée & des Troyens, qui
étoit ſur ces côtes. Ces Troyens, diſoit-il,
ſont animés contre tous les Grecs; mais
ſur-tout ils répandroient avec plaiſir le ſang
du fils d'Ulyſſe. Retournez, continuoit-il,
en Ithaque : peut-être que votre pere, aimé
des Dieux, y ſera auſſi-tôt que vous. Mais
ſi les Dieux ont réſolu ſa perte, s'il ne doit

jamais revoir fa patrie , du moins il faut
que vous alliez le venger , délivrer votre
mere , montrer votre fagefse à tous les peuples , & faire voir en vous à toute la Grece .
un Roi auffi digne de régner que le fut jamais Ulyfse lui-même.

Ces paroles étoient falutaires : mais je
n'étois pas afsez prudent pour les écouter ;
je n'écoutai que ma paffion. Le fage Mentor
m'aima jufqu'à me fuivre dans un voyage
téméraire que j'entreprenois contre fes
confeils ; & les Dieux permirent que je
fifse une faute qui devoit fervir à me corriger de ma préfomption.

Pendant que Télémaque parloit , Calypfo regardoit Mentor. Elle étoit étonnée :
elle croyoit fentir en lui quelque chofe de
divin ; mais elle ne pouvoit démêler fes pensées confufes : ainfi elle demeuroit pleine
de crainte & de défiance à la vue de cet inconnu. Alors elle appréhenda de laifser
voir fon trouble. Continuez, dit-elle à Télémaque , & fatisfaites ma curiofité. Télémaque reprit ainfi :

Nous eûmes afsez long-temps un vent favorable pour aller en Sicile ; mais enfuite une noire tempête déroba le ciel à nos yeux, & nous fûmes enveloppés dans une profonde nuit. A la lueur des éclairs, nous apperçûmes d'autres vaifseaux exposés au même péril ; & nous reconnûmes bientôt que c'étoient les vaifseaux d'Enée : ils n'étoient pas moins à craindre pour nous que les rochers. Je compris alors, mais trop tard, ce que l'ardeur d'une jeunefse imprudente m'avoit empêché de confidérer attentivement. Mentor parut, dans ce danger, non feulement ferme & intrépide, mais plus gai qu'à l'ordinaire : c'étoit lui qui m'encourageoit ; je fentois qu'il m'infpiroit une force invincible. Il donnoit tranquillement tous les ordres, pendant que le pilote étoit troublé. Je lui difois : Mon cher Mentor, pourquoi ai-je refusé de fuivre vos confeils ! ne suis-je pas malheureux d'avoir voulu me croire moi-même, dans un âge où l'on n'a ni prévoyance de l'avenir, ni expérience du pafsé, ni modération pour ménager le

préfent! Oh! fi jamais nous échappons de
cette tempête, je me défierai de moi-même comme de mon plus dangereux ennemi : c'eſt vous , Mentor , que je croirai
toujours.

Mentor, en fouriant, me répondit : Je
n'ai garde de vous reprocher la faute que
vous avez faite ; il ſuffit que vous la ſentiez,
& qu'elle vous ſerve à être une autre fois
plus modéré dans vos defirs. Mais quand
le péril sera paſsé, la préfomption revien-
dra peut-être. Maintenant il faut ſe foutenir par le courage. Avant que de ſe jetter
dans le péril , il faut le prévoir & le craindre : mais quand on y eſt, il ne reſte plus
qu'à le mépriſer. Soyez donc le digne fils
d'Ulyſſe ; montrez un cœur plus grand que
tous les maux qui vous menacent.

La douceur & le courage du ſage Mentor me charmerent : mais je fus encore
bien plus ſurpris quand je vis avec quelle
adreſſe il nous délivra des Troyens. Dans
le moment où le ciel commençoit à s'éclair-
cir, & où les Troyens, nous voyant de près,

n'auroient pas manqué de nous reconnoî-
tre, il remarqua un de leurs vaisseaux qui
étoit presque semblable au nôtre, & que la
tempête avoit écarté. La poupe en étoit
couronnée de certaines fleurs : il se hâta
de mettre sur notre poupe des couronnes
de fleurs semblables ; il les attacha lui-même avec des bandelettes de la même cou-
leur que celles des Troyens. Il ordonna à
nos rameurs de se baisser le plus qu'ils
pourroient le long de leurs bancs, pour
n'être point reconnus des ennemis. En cet
état, nous passâmes au milieu de leur flotte : ils poussèrent des cris de joie en nous
voyant, comme en revoyant les compagnons qu'ils avoient crus perdus. Nous fûmes même contraints par la violence de la
mer d'aller assez long-temps avec eux : enfin
nous demeurâmes un peu derriere ; &, pendant que les vents impétueux les poussoient
vers l'Afrique, nous fîmes les derniers efforts pour aborder à force de rames sur la
côte voisine de Sicile.

Nous y arrivâmes en effet. Mais ce que

nous cherchions n'étoit guere moins funefte que la flotte qui nous faifoit fuir :
nous trouvâmes fur cette côte de Sicile
d'autres Troyens ennemis des Grecs. C'é-
toit là que régnoit le vieux Acefte forti de
Troie. A peine fûmes-nous arrivés fur ce
rivage, que les habitants crurent que nous
étions, ou d'autres peuples de l'isle armés
pour les furprendre, ou des étrangers qui
venoient s'emparer de leurs terres. Ils brû-
lent notre vaifseau, dans le premier empor-
tement ; ils égorgent tous nos compagnons ;
ils ne réfervent que Mentor & moi pour
nous préfenter à Acefte, afin qu'il pût favoir de nous quels étoient nos defseins, &
d'où nous venions. Nous entrons dans la
ville les mains liées derriere le dos ; & notre mort n'étoit retardée que pour nous
faire fervir de fpeĉtacle à un peuple cruel,
quand on fauroit que nous étions Grecs.

On nous préfenta d'abord à Acefte, qui,
tenant fon fceptre d'or en main, jugeoit les
peuples, & fe préparoit à un grand facrifice. Il nous demanda, d'un ton févere,

quel étoit notre pays & le sujet de notre
voyage. Mentor se hâta de répondre, & lui
dit : Nous venons des côtes de la grande
Hespérie, & notre patrie n'est pas loin de
là. Ainsi il évita de dire que nous étions
Grecs. Mais Aceste, sans l'écouter davantage, & nous prenant pour des étrangers
qui cachoient leur dessein, ordonna qu'on
nous envoyât dans une forêt voisine, où
nous servirions en esclaves sous ceux qui
gouvernoient ses troupeaux.

Cette condition me parut plus dure que
la mort. Je m'écriai : O Roi ! faites-nous
mourir plutôt que de nous traiter si indi-
gnement; sachez que je suis Télémaque,
fils du sage Ulysse, Roi des Ithaciens; je
cherche mon pere dans toutes les mers : si
je ne puis ni le trouver, ni retourner dans
ma patrie, ni éviter la servitude, ôtez-moi
là vie, que je ne saurois supporter.

A peine eus-je prononcé ces mots, que
tout le peuple ému s'écria qu'il falloit
faire périr le fils de ce cruel Ulysse dont
les artifices avoient renversé la ville de

Troie. O fils d'Ulyſse! me dit Aceſte; je ne puis refuſer votre ſang aux mânes de tant de Troyens que votre pere a précipités ſur les rivages du noir Cocyte : vous, & celui qui vous mene, vous périrez. En même temps un vieillard de la troupe propoſa au Roi de nous immoler ſur le tombeau d'An-chiſe. Leur ſang, diſoit-il, ſera agréable à l'ombre de ce héros : Enée même, quand il ſaura un tel ſacrifice, ſera touché de voir combien vous aimez ce qu'il avoit de plus cher au monde.

Tout le peuple applaudit à cette propo-ſition ; & on ne ſongea plus qu'à nous im-moler. Déjà on nous menoit ſur le tombeau d'Anchiſe. On y avoit dreſſé deux autels, où le feu ſacré étoit allumé; le glaive qui devoit nous percer étoit devant nos yeux; on nous avoit couronnés de fleurs, & nulle compaſſion ne pouvoit garantir notre vie; c'étoit fait de nous : quand Mentor de-manda tranquillement à parler au Roi. Il lui dit :

O Aceſte! ſi le malheur du jeune Télémaque, qui n'a jamais porté les armes contre les Troyens, ne peut vous toucher, du moins que votre propre intérêt vous touche. La fcience que j'ai acquife des préfages & de la volonté des Dieux me fait connoître qu'avant que trois jours foient écoulés vous serez attaqué par des peuples barbares, qui viennent comme un torrent du haut des montagnes pour inonder votre ville & pour ravager tout votre pays. Hâtez-vous de les prévenir; mettez vos peuples sous les armes; & ne perdez pas un moment pour retirer au-dedans de vos murailles les riches troupeaux que vous avez dans la campagne. Si ma prédiction eft faufse, vous serez libre de nous immoler dans trois jours : fi au contraire elle eft véritable, fouvenez-vous qu'on ne doit pas ôter la vie à ceux de qui on la tient.

Acefte fut étonné de ces paroles que Mentor lui difoit avec une afsurance qu'il n'avoit jamais trouvée en aucun homme. Je vois bien, répondit-il, ô étranger, que les Dieux, qui vous ont fi mal partagé pour

Tome I.   C

tous les dons de la fortune, vous ont accordé une fagefse qui eft plus eftimable que
toutes les profpérités. En même temps il re-
tarda le facrifice, & donna avec diligence
les ordres nécefsaires pour prévenir l'attaque dont Mentor l'avoit menacé. On ne
voyoit de tous côtés que des femmes trem-
blantes, des vieillards courbés, de petits enfants les larmes aux yeux, qui fe retiroient
dans la ville. Les bœufs mugifsants, & les
brebis bêlantes, venoient en foule, quit-
tant les gras pâturages, & ne pouvant
trouver afsez d'étables pour être mis à couvert. C'étoient de toutes parts des bruits
confus de gens qui fe poufsoient les uns les
autres, qui ne pouvoient s'entendre, qui
prenoient dans ce trouble un inconnu pour
leur ami, & qui couroient, fans favoir où
tendoient leurs pas. Mais les principaux de
la ville, fe croyant plus fages que les autres, s'imaginoient que Mentor étoit un
impofteur qui avoit fait une faufse prédiction pour fauver fa vie.

    Avant la fin du troifieme jour, pendant

qu'ils étoient pleins de ces pensées, on vit
fur le penchant des montagnes voifines un
tourbillon de pouffiere; puis on apperçut
une troupe innombrable de Barbares armés : c'étoient les Himériens, peuples fé-
roces, avec les nations qui habitent fur les
monts Nébrodes, & fur le fommet d'A-
cragas, où regne un hiver que les zéphyrs
n'ont jamais adouci. Ceux qui avoient
méprisé la prédiction de Mentor perdirent
leurs efclaves & leurs troupeaux. Le Roi
dit à Mentor : J'oublie que vous êtes des
Grecs; nos ennemis deviennent nos amis
fideles. Les Dieux vous ont envoyés pour
nous fauver : je n'attends pas moins de votre valeur que de la fagefse de vos confeils;
hâtez-vous de nous fecourir.

Mentor montre dans fes yeux une au-
dace qui étonne les plus fiers combattants.
Il prend un bouclier, un cafque, une épée,
une lance; il range les foldats d'Acefte; il
marche à leur tête, & s'avance en bon ordre vers les ennemis. Acefte, quoique plein
de courage, ne peut dans fa vieillefse le

suivre que de loin. Je le suis de plus près,
mais je ne puis égaler sa valeur. Sa cuirasse
ressembloit, dans le combat, à l'immortelle égide. La mort couroit de rang en
rang par-tout sous ses coups. Semblable à
un lion de Numidie que la cruelle faim
dévore, & qui entre dans un troupeau de
foibles brebis, il déchire, il égorge, il nage
dans le sang; & les bergers, loin de secou-
rir le troupeau, fuient, tremblants, pour
se dérober à sa fureur.

Ces Barbares, qui espéroient de surprendre la ville, furent eux-mêmes surpris &
déconcertés. Les sujets d'Aceste, animés
par l'exemple & par les ordres de Mentor,
eurent une vigueur dont ils ne se croyoient
point capables. De ma lance je renversai le
fils du Roi de ce peuple ennemi. Il étoit de
mon âge, mais il étoit plus grand que moi;
car ce peuple venoit d'une race de géants
qui étoient de la même origine que les Cyclopes : il méprisoit un ennemi aussi foible
que moi. Mais, sans m'étonner de sa force
prodigieuse ni de son air sauvage & brutal,

Je poufsai ma lance contre fa poitrine, &
je lui fis vomir, en expirant, des torrents
d'un fang noir. Il penfa m'écrafer dans fa
chûte; le bruit de fes armes retentit jufqu'aux montagnes. Je pris fes dépouilles,
& je revins trouver Acefte. Mentor, ayant
achevé de mettre les ennemis en défordre,
les tailla en pieces, & poufsa les fuyards
jufques dans les forêts.

Un fuccès fi inefpéré fit regarder Mentor comme un homme chéri & infpiré des
Dieux. Acefte, touché de reconnoifsance,
nous avertit qu'il craignoit tout pour nous,
fi les vaifseaux d'Enée revenoient en Sicile:
il nous en donna un pour retourner fans
retardement en notre pays, nous combla
de préfents, & nous prefsa de partir, pour
prévenir tous les malheurs qu'il prévoyoit:
mais il ne voulut nous donner ni un pilote
ni des rameurs de fa nation, de peur
qu'ils ne fufsent trop exposés fur les côtes
de la Grece. Il nous donna des marchands
phéniciens, qui, étant en commerce avec
tous les peuples du monde, n'avoient rien

à craindre , & qui devoient ramener le
vaifseau à Acefte quand ils nous auroient
laifsés en Ithaque. Mais les Dieux, qui fe
jouent des defseins des hommes, nous ré-
fervoient à d'autres dangers.

Fin du Livre premier.

SOMMAIRE

DU LIVRE SECOND.

Télémaque raconte qu'il fut pris dans le vaisseau tyrien par la flotte de Séfostris, & emmené captif en Egypte. Il dépeint la beauté de ce pays & la sagesse du gouvernement de son Roi. Il ajoute que Mentor fut envoyé esclave en Ethiopie ; que lui-même, Télémaque, fut réduit à conduire un troupeau dans le désert d'Oasis ; que Termosiris, Prêtre d'Apollon, le consola, en lui apprenant à imiter Apollon, qui avoit été autrefois berger chez le Roi Admete ; que Séfostris avoit enfin appris tout ce qu'il faisoit de merveilleux parmi les bergers ; qu'il l'avoit rappellé, étant persuadé de son innocence, & lui avoit promis de le renvoyer à Ithaque ; mais que la mort de ce Roi l'avoit replongé dans de nouveaux malheurs ; qu'on le mit en prison dans une tour fur le bord de la mer, d'où il vit le nouveau Roi Bocchoris qui périt dans un combat contre ses sujets révoltés & secourus par les Tyriens.

LIVRE SECOND.

Les Tyriens, par leur fierté, avoient irrité contre eux le grand Roi Séfoftris, qui régnoit en Egypte, & qui avoit conquis tant de royaumes. Les richefses qu'ils ont acquifes par le commerce, & la force de l'imprenable ville de Tyr, fituée dans la mer, avoient enflé le cœur de ces peuples : ils avoient refusé de payer à Séfoftris le tribut qu'il leur avoit imposé en revenant de fes conquêtes ; & ils avoient fourni des troupes à fon frere, qui avoit voulu le mafsacrer à fon retour, au milieu des réjouifsances d'un grand feftin.

Séfoftris avoit réfolu, pour abattre leur orgueil, de troubler leur commerce dans toutes les mers. Ses vaifseaux alloient de tous côtés cherchant les Phéniciens. Une flotte égyptienne nous rencontra, comme nous commencions à perdre de vue les montagnes de la Sicile : le port & la terre fembloient fuir derriere nous & fe perdre dans les nues. En même temps nous voyons approcher les navires des Égyptiens, semblables à une ville flottante. Les Phéniciens les reconnurent, & voulurent s'en éloigner : mais il n'étoit plus temps ; leurs voiles étoient meilleures que les nôtres ; le vent les favorisoit ; leurs rameurs étoient en plus grand nombre : ils nous abordent, nous prennent, & nous emmenent prisonniers en Egypte.

En vain je leur représentai que nous n'étions pas Phéniciens ; à peine daignerent-ils m'écouter : ils nous regarderent comme des esclaves dont les Phéniciens trafiquoient ; & ils ne songerent qu'au profit d'une telle prise. Déjà nous remarquons les eaux de la mer qui blanchissent par le mélange de celles du Nil, & nous voyons la côte d'Egypte presque aussi basse que la mer. Ensuite nous arrivons à l'isle de Pharos, voisine de la ville de No. De là nous remontons le Nil jusqu'à Memphis.

Si la douleur de notre captivité ne nous eût rendus insensibles à tous les plaisirs,

nos yeux auroient été charmés de voir cette
fertile terre d'Egypte, semblable à un jardin délicieux arrosé d'un nombre infini de
canaux. Nous ne pouvions jetter les yeux
sur les deux rivages, sans appercevoir des
villes opulentes, des maisons de campagne
agréablement situées, des terres qui se couvroient tous les ans d'une moisson dorée
sans se reposer jamais, des prairies pleines
de troupeaux, des laboureurs qui étoient
accablés sous le poids des fruits que la terre
épanchoit de son sein, des bergers qui faisoient répéter les doux sons de leurs flûtes
& de leurs chalumeaux à tous les échos d'a-
lentour.

Heureux, disoit Mentor, le peuple qui
est conduit par un sage Roi ! il est dans l'a-
bondance, il vit heureux, & aime celui à
qui il doit tout son bonheur. C'est ainsi,
ajoutoit-il, ô Télémaque, que vous devez
régner, & faire la joie de vos peuples, si jamais les Dieux vous font posséder le royaume de votre pere. Aimez vos peuples comme
vos enfants, goûtez le plaisir d'être aimé

d'eux, & faites qu'ils ne puiſsent jamais
ſentir la paix & la joie, ſans ſe reſsouvenir
que c'eſt un bon Roi qui leur a fait ces riches préſents. Les Rois qui ne ſongent qu'à
ſe faire craindre & qu'à abattre leurs ſujets pour les rendre plus ſoumis ſont les
fléaux du genre humain. Ils ſont craints
comme ils le veulent être ; mais ils ſont
haïs, déteſtés ; & ils ont encore plus à craindre de leurs ſujets, que leurs ſujets n'ont à
craindre d'eux.

Je répondois à Mentor : Hélas ! il n'eſt
pas queſtion de ſonger aux maximes ſui-
vant leſquelles on doit régner ; il n'y a plus
d'Ithaque pour nous ; nous ne reverrons
jamais ni notre patrie ni Pénélope : &
quand même Ulyſse retourneroit plein de
gloire dans ſon royaume, il n'aura jamais
la joie de m'y voir ; jamais je n'aurai celle
de lui obéir pour apprendre à commander.
Mourons, mon cher Mentor, nulle autre
penſée ne nous eſt plus permiſe ; mourons,
puiſque les Dieux n'ont aucune pitié de
nous.

En parlant ainſi, de profonds ſoupirs entrecoupoient toutes mes paroles. Mais Mentor, qui craignoit les maux avant qu'ils arrivaſent, ne ſavoit plus ce que c'étoit que de les craindre dès qu'ils étoient arrivés. Indigne fils du ſage Ulyſſe! s'écrioit-il, quoi donc! vous vous laiſſez vaincre à votre malheur! Sachez que vous reverrez un jour l'isle d'Ithaque & Pénélope. Vous verrez même dans ſa premiere gloire celui que vous n'avez point connu, l'invincible Ulyſ-ſe, que la fortune ne peut abattre, & qui, dans ſes malheurs encore plus grands que les vôtres, vous apprend à ne vous décou-rager jamais. Oh! s'il pouvoit apprendre, dans les terres éloignées où la tempête l'a jetté, que ſon fils ne ſait imiter ni ſa pa-tience ni ſon courage, cette nouvelle l'ac-cableroit de honte, & lui ſeroit plus rude que tous les malheurs qu'il ſouffre depuis ſi long-temps.

Enſuite Mentor me faiſoit remarquer la joie & l'abondance répandue dans toute la campagne d'Egypte, où l'on comptoit

juſqu'à vingt-deux mille villes. Il admiroit
la bonne police de ces villes ; la juſtice exer-
cée en faveur du pauvre contre le riche ; la
bonne éducation des enfants, qu'on accou-
tumoit à l'obéiſsance, au travail, à la ſo-
briété, à l'amour des arts ou des lettres ;
l'exactitude pour toutes les cérémonies de
la religion ; le déſintéreſsement, le deſir de
l'honneur, la fidélité pour les hommes, &
la crainte pour les Dieux, que chaque pere
inſpiroit à ſes enfants. Il ne ſe laſsoit point
d'admirer ce bel ordre. Heureux, me diſoit-il ſans ceſse, le peuple qu'un ſage Roi
conduit ainſi ! mais encore plus heureux le
Roi qui fait le bonheur de tant de peuples,
& qui trouve le ſien dans ſa vertu ! Il tient
les hommes par un lien cent fois plus fort
que celui de la crainte ; c'eſt celui de l'a-
mour. Non ſeulement on lui obéit, mais
encore on aime à lui obéir. Il regne dans
tous les cœurs ; chacun, bien loin de vouloir s'en défaire, craint de le perdre, &
donneroit ſa vie pour lui.

Je remarquois ce que diſoit Mentor,

& je sentois renaître mon courage au fond de mon cœur à mesure que ce sage ami me parloit.

Aussi-tôt que nous fûmes arrivés à Memphis, ville opulente & magnifique, le Gouverneur ordonna que nous irions jusques à Thebes pour être présentés au Roi Sésostris, qui vouloit examiner les choses par lui-même, & qui étoit fort animé contre les Tyriens. Nous remontâmes donc encore le long du Nil, jusqu'à cette fameuse Thebes à cent portes, où habitoit ce grand Roi. Cette ville nous parut d'une étendue immense, & plus peuplée que les plus florissantes villes de la Grece. La police y est parfaite pour la propreté des rues, pour le cours des eaux, pour la commodité des bains, pour la culture des arts, & pour la sûreté publique. Les places sont ornées de fontaines & d'obélisques ; les temples sont de marbre, & d'une architecture simple mais majestueuse. Le palais du Prince est lui seul comme une grande ville ; on n'y voit que colonnes de marbre, que

pyramides & obélifques, que ftatues colof-
sales, que meubles d'or & d'argent maffif.

Ceux qui nous avoient pris dirent au
Roi que nous avions été trouvés dans un
navire phénicien. Il écoutoit chaque jour
à certaines heures réglées tous ceux de fes
fujets qui avoient ou des plaintes à lui faire
ou des avis à lui donner. Il ne méprifoit
ni ne rebutoit perfonne, & ne croyoit être
Roi que pour faire du bien à tous fes fujets,
qu'il aimoit comme fes enfants. Pour les
étrangers, il les recevoit avec bonté, &
vouloit les voir, parcequ'il croyoit qu'on
apprenoit toujours quelque chofe d'utile,
en s'inftruifant des mœurs & des maximes
des peuples éloignés.

Cette curiofité du Roi fit qu'on nous
préfenta à lui. Il étoit fur un trône d'ivoire,
tenant en main un fceptre d'or. Il étoit
déjà vieux, mais agréable, plein de douceur & de majefté : il jugeoit tous les jours
les peuples, avec une patience & une fagefse
qu'on admiroit fans flatterie. Après avoir
travaillé toute la journée à régler les affai-

res & à rendre une exacte juſtice, il ſe délaſ-
ſoit le ſoir à écouter des hommes ſavants, où
à converſer avec les plus honnêtes gens, qu'il
ſavoit bien choiſir pour les admettre dans ſa
familiarité. On ne pouvoit lui reprocher en
toute ſa vie que d'avoir triomphé avec trop
de faſte des Rois qu'il avoit vaincus, & de
s'être confié à un de ſes ſujets que je vous
dépeindrai tout à l'heure. Quand il me vit,
il fut touché de ma jeuneſſe; il me demanda
ma patrie & mon nom. Nous fûmes éton-
nés de la ſageſſe qui parloit par ſa bouche.

Je lui répondis : O grand Roi ! vous n'i-
gnorez pas le ſiège de Troie qui a duré dix
ans, & ſa ruine qui a coûté tant de ſang à
toute la Grece. Ulyſſe mon pere a été un des
principaux Rois qui ont ruiné cette ville : il
erre ſur toutes les mers, ſans pouvoir retrouver l'iſle d'Ithaque qui eſt ſon royaume. Je
le cherche; & un malheur ſemblable au ſien
fait que j'ai été pris. Rendez-moi à mon pere
& à ma patrie. Ainſi puiſſent les Dieux vous
conſerver à vos enfants, & leur faire ſentir
la joie de vivre ſous un ſi bon pere !

Séfoftris continuoit à me regarder d'un
œil de compaffion : mais voulant favoir fi
ce que je difois étoit vrai, il nous renvoya
à un de fes officiers, qui fut chargé de s'in-
former, de ceux qui avoient pris notre vaifseau, fi nous étions effectivement ou Grecs
ou Phéniciens. S'ils sont Phéniciens, dit le
Roi, il faut doublement les punir , pour
être nos ennemis , & plus encore pour
avoir voulu nous tromper par un lâche
menfonge : fi au contraire ils sont Grecs,
je veux qu'on les traite favorablement, &
qu'on les renvoie dans leur pays fur un de
mes vaifseaux ; car j'aime la Grece , plufieurs Egyptiens y ont donné des loix. Je
connois la vertu d'Hercule : la gloire d'A-
chille eft parvenue jufqu'à nous ; & j'ad-
mire ce qu'on m'a raconté de la fagefse du
malheureux Ulyfse : mon plaifir eft de fecourir la vertu malheureufe.

L'officier auquel le Roi renvoya l'exa-
men de notre affaire avoit l'ame auffi cor-
rompue & auffi artificieufe, que Séfoftris
étoit fincere & généreux. Cet officier fe

nommoit Métophis : il nous interrogea,
pour tâcher de nous surprendre ; & comme
il vit que Mentor répondoit avec plus de
sagesse que moi , il le regarda avec aver-
sion & avec défiance : car les méchants
s'irritent contre les bons. Il nous sépara ;
& depuis ce moment je ne sus point ce
qu'étoit devenu Mentor.

Cette séparation fut un coup de foudre
pour moi. Métophis espéroit toujours qu'en
nous questionnant séparément il pourroit
nous faire dire des choses contraires ; sur-
tout il croyoit m'éblouir par ses promesses
flatteuses, & me faire avouer ce que Mentor lui auroit caché. Enfin il ne cherchoit
pas de bonne foi la vérité : mais il vouloit
trouver quelque prétexte de dire au Roi
que nous étions des Phéniciens pour nous
faire ses esclaves. En effet , malgré notre innocence , & malgré la sagesse du Roi , il
trouva le moyen de le tromper.

Hélas ! à quoi les Rois sont-ils exposés !
les plus sages même sont souvent surpris.
Des hommes artificieux & intéressés les en-

vironnent. Les bons fe retirent, parcequ'ils
ne sont ni empreſsés ni flatteurs; les bons
attendent qu'on les cherche , & les Princes
ne ſavent guere les aller chercher : au contraire les méchants sont hardis, trompeurs,
empreſsés à s'inſinuer & à plaire , adroits à
diſſimuler , prêts à tout faire contre l'honneur & la conſcience pour contenter les
paſſions de celui qui regne. Oh! qu'un Roi
eſt malheureux d'être exposé aux artifices
des méchants! Il eſt perdu s'il ne repouſe
la flatterie, & s'il n'aime ceux qui diſent
hardiment la vérité. Voilà les réflexions
que je faiſois dans mon malheur; & je me
rappellois tout ce que j'avois ouï dire à
Mentor.

Cependant Métophis m'envoya vers les
montagnes du déſert d'Oaſis avec ſes eſcla-
ves, afin que je ſerviſe avec eux à conduire
ſes grands troupeaux.

En cet endroit Calypſo interrompit Télémaque, diſant : Eh bien ! que fîtes-vous
alors , vous qui aviez préféré en Sicile la
mort à la ſervitude ?

Télémaque répondit : Mon malheur
croifsoit toujours ; je n'avois plus la misérable confolation de choifir entre la fervitude & la mort : il fallut être efclave , &
épuifer pour ainfi dire toutes les rigueurs
de la fortune ; il ne me reftoit plus aucune
efpérance , & je ne pouvois pas même dire
un mot pour travailler à me délivrer. Mentor m'a dit depuis qu'on l'avoit vendu à
des Ethiopiens , & qu'il les avoit fuivis en
Ethiopie.

Pour moi, j'arrivai dans des déferts affreux : on y voit des fables brûlants au
milieu des plaines , des neiges qui ne fon-
dent jamais & qui font un hiver perpétuel
fur le fommet des montagnes ; & on trouve
feulement, pour nourrir les troupeaux, des
pâturages parmi les rochers , vers le milieu
du penchant de ces montagnes efcarpées.
Les vallées y font fi profondes, qu'à peine
le foleil y peut faire luire fes rayons.

Je ne trouvai d'autres hommes dans ce
pays que des bergers auffi fauvages que le
pays même. Là , je pafsois les nuits à déplo-

rer mon malheur, & les jours à fuivre un troupeau, pour éviter la fureur brutale d'un premier efclave, qui, efpérant d'obtenir fa liberté, accufoit fans cefse les autres, pour faire valoir à fon maître fon zele & fon at-tachement à fes intérêts. Cet efclave fe nommoit Butis. Je devois fuccomber dans cette occafion : la douleur me prefsant, j'oubliai un jour mon troupeau, & je m'é-tendis fur l'herbe auprès d'une caverne où j'attendois la mort, ne pouvant plus fup-porter mes peines.

En ce moment, je remarquai que toute la montagne trembloit ; les chênes & les pins fembloient defcendre de fon fommet ; les vents retenoient leurs haleines. Une voix mugifsante fortit de la caverne, & me fit entendre ces paroles : Fils du fage Ulyfse, il faut que tu deviennes, comme lui, grand par la patience : les Princes qui ont toujours été heureux ne font gue-res dignes de l'être ; la mollefse les cor-rompt, l'orgueil les enivre. Que tu feras heureux, fi tu furmontes tes malheurs,

& si tu ne les oublies jamais! Tu reverras Ithaque; & ta gloire montera jusqu'aux astres. Quand tu seras le maître des autres hommes, souviens-toi que tu as été foible, pauvre & souffrant comme eux; prends plaisir à les soulager, aime ton peuple, déteste la flatterie, & sache que tu ne seras grand qu'autant que tu seras modéré & courageux pour vaincre tes passions.

Ces paroles divines entrerent jusqu'au fond de mon cœur; elles y firent renaître la joie & le courage. Je ne sentis point cette horreur qui fait dresser les cheveux sur la tête & qui glace le sang dans les veines quand les Dieux se communiquent aux mortels; je me levai tranquille : j'adorai à genoux, les mains levées vers le ciel, Minerve, à qui je crus devoir cet oracle. En même temps je me trouvai un nouvel homme : la sagesse éclairoit mon esprit; je sentois une douce force pour modérer toutes mes passions, & pour arrêter l'impétuosité de ma jeunesse. Je me fis aimer de tous les bergers du désert : ma douceur, ma pa-

tience, mon exactitude, appaiferent enfin
le cruel Butis, qui étoit en autorité fur les
autres efclaves, & qui avoit voulu d'a-
bord me tourmenter.

Pour mieux fupporter l'ennui de la captivité & de la folitude, je cherchai des livres ; car j'étois accablé de triftefse, faute
de quelque inftruction qui pût nourrir mon
efprit & le foutenir. Heureux, difois-je,
ceux qui fe dégoûtent des plaifirs violents,
& qui favent fe contenter des douceurs
d'une vie innocente ! Heureux ceux qui fe
divertifsent en s'inftruifant, & qui fe plai-
fent à cultiver leur efprit par les fciences !
En quelque endroit que la fortune ennemie
les jette, ils portent toujours avec eux de
quoi s'entretenir ; & l'ennui, qui dévore
les autres hommes au milieu même des
délices, eft inconnu à ceux qui favent s'occuper par quelque lecture. Heureux ceux
qui aiment à lire, & qui ne font point,
comme moi, privés de la lecture !

Pendant que ces penfées rouloient dans
mon efprit, je m'enfonçai dans une fombre

forêt, où j'apperçus tout-à-coup un vieillard qui tenoit un livre dans sa main. Ce vieillard avoit un grand front chauve & un peu ridé : une barbe blanche pendoit jusqu'à sa ceinture ; sa taille étoit haute & majestueuse ; son teint étoit encore frais & vermeil ; ses yeux étoient vifs & perçants, sa voix douce, ses paroles simples & aimables. Jamais je n'ai vu un si vénérable vieillard. Il s'appelloit Termosiris. Il étoit Prêtre d'Apollon, qu'il servoit dans un temple de marbre que les Rois d'Egypte avoient consacré à ce Dieu dans cette forêt. Le livre qu'il tenoit étoit un recueil d'hymnes en l'honneur des Dieux.

Il m'aborde avec amitié : nous nous entretenons. Il racontoit si bien les choses passées, qu'on croyoit les voir ; mais il les racontoit courtement, & jamais ses histoires ne m'ont lasé. Il prévoyoit l'avenir par la profonde sagesse qui lui faisoit connoître les hommes & les desseins dont ils sont capables. Avec tant de prudence, il étoit gai, complaisant ; & la jeunesse la plus enjouée n'a point autant de grace qu'en avoit cet homme dans une vieillesse si avancée : aussi aimoit-il les jeunes gens lorsqu'ils étoient dociles & qu'ils avoient le goût de la vertu.

Bientôt il m'aima tendrement, & me donna des livres pour me consoler : il m'appelloit, mon fils. Je lui disois souvent : Mon pere, les Dieux, qui m'ont ôté Mentor, ont eu pitié de moi ; ils m'ont donné en vous un autre soutien. Cet homme, semblable à Orphée ou à Linus, étoit sans doute inspiré des Dieux : il me récitoit les vers qu'il avoit faits, & me donnoit ceux de plusieurs excellents poètes favorisés des Muses. Lorsqu'il étoit revêtu de sa longue robe d'une éclatante blancheur, & qu'il prenoit en main sa lyre d'ivoire, les tigres, les ours, les lions, venoient le flatter & lécher ses pieds ; les satyres sortoient des forêts pour danser autour de lui ; les arbres mêmes paroissoient émus, & vous auriez cru que les rochers attendris alloient descendre du haut des montagnes aux charmes de ses

Tome I. E

doux accents. Il ne chantoit que la grandeur des Dieux, la vertu des héros, & la sagesse des hommes qui préferent la gloire aux plaisirs.

Il me disoit souvent que je devois prendre courage, & que les Dieux n'abandonneroient ni Ulysse ni son fils. Enfin il m'assura que je devois, à l'exemple d'Apollon, enseigner aux bergers à cultiver les muses. Apollon, disoit-il, indigné de ce que Jupiter par ses foudres troubloit le ciel dans les plus beaux jours, voulut s'en venger sur les Cyclopes qui forgeoient les foudres, & les perça de ses fleches. Aussi-tôt le mont Etna cessa de vomir des tourbillons de flammes; on n'entendit plus les coups des terribles marteaux qui, frappant l'enclume, faisoient gémir les profondes cavernes de la terre & les abîmes de la mer. Le fer & l'airain, n'étant plus polis par les Cyclopes, commençoient à se rouiller. Vulcain, furieux, sort de sa fournaise : quoique boiteux, il monte en diligence vers l'Olympe; il arrive, suant & couvert de poussiere, dans l'afsemblée des Dieux ; il fait des plaintes ameres. Jupiter s'irrite contre Apollon, le chafse du ciel, & le précipite fur la terre. Son char vuide faifoit de lui-même fon cours ordinaire, pour donner aux hommes les jours & les nuits avec le changement régulier des faifons.

Apollon, dépouillé de tous fes rayons, fut contraint de fe faire berger, & de garder les troupeaux du Roi Admete. Il jouoit de la flûte, & tous les autres bergers venoient à l'ombre des ormeaux fur le bord d'une claire fontaine écouter fes chanfons. Jufques-là ils avoient mené une vie fauvage & brutale ; ils ne favoient que conduire leurs brebis, les tondre, traire leur lait, & faire des fromages : toute la campagne étoit comme un défert affreux.

Bientôt Apollon montra à tous ces bergers les arts qui peuvent rendre la vie agréable. Il chantoit les fleurs dont le printemps fe couronne, les parfums qu'il répand, & la verdure qui naît fous fes pas. Puis il chantoit les délicieufes nuits de l'été,

où les zéphyrs rafraîchifsent les hommes, &
où la rosée défaltere la terre. Il mêloit auffi
dans fes chanfons les fruits dorés dont l'automne récompenfe les travaux des laboureurs, & le repos de l'hiver, pendant lequel
la folâtre jeuneffe danfe auprès du feu. Enfin il repréfentoit les forêts fombres qui
couvrent les montagnes, & les creux vallons, où les rivieres, par mille détours, fem-
blent fe jouer au milieu des riantes prairies.
Il apprit ainfi aux bergers quels sont les
charmes de la vie champêtre quand on
fait goûter ce que la fimple nature a de
gracieux.

Les bergers, avec leurs flûtes, fe virent
bientôt plus heureux que les Rois; & leurs
cabanes attiroient en foule les plaifirs purs
qui fuient les palais dorés. Les jeux, les ris,
les graces, fuivoient par-tout les innocentes
bergeres. Tous les jours étoient des fêtes :
on n'entendoit plus que le gazouillement
des oifeaux, ou la douce haleine des zéphyrs qui fe jouoient dans les rameaux des
arbres, ou le murmure d'une onde claire

qui tomboit de quelque rocher, ou les chanfons que les Mufes infpiroient aux bergers
qui fuivoient Apollon. Ce Dieu leur enfei-
gnoit à remporter le prix de la courfe & à
percer de fleches les daims & les cerfs. Les
Dieux mêmes devinrent jaloux des bergers ; cette vie leur parut plus douce que
toute leur gloire, & ils rappellerent Apollon dans l'Olympe.

Mon fils, cette hiftoire doit vous inftruire, puifque vous êtes dans l'état où fut
Apollon : défrichez cette terre fauvage ;
faites fleurir comme lui le défert ; apprenez
à tous ces bergers quels font les charmes de
l'harmonie ; adouciffez leurs cœurs farou-
ches ; montrez-leur l'aimable vertu ; faites-
leur fentir combien il eft doux de jouir
dans la folitude des plaifirs innocents que
rien ne peut ôter aux bergers. Un jour ,
mon fils, un jour, les peines & les foucis
cruels qui environnent les Rois vous feront
regretter fur le trône la vie paftorale.

Ayant ainfi parlé, Termofiris me donna
une flûte fi douce que les échos de ces

montagnes, qui la firent entendre de tous côtés, attirerent bientôt autour de moi tous les bergers voisins. Ma voix avoit une harmonie divine : je me sentois ému & comme hors de moi-même pour chanter les graces dont la nature a orné la campagne. Nous passions les jours entiers & une partie des nuits à chanter ensemble. Tous les bergers, oubliant leurs cabanes & leurs troupeaux, étoient suspendus & immobiles autour de moi pendant que je leur donnois des leçons; il sembloit que ces déserts n'eussent plus rien de sauvage, tout y étoit doux & riant : la politesse des habitants sembloit adoucir la terre.

Nous nous assemblions souvent pour offrir des sacrifices dans ce temple d'Apollon où Termosiris étoit Prêtre. Les bergers y alloient couronnés de lauriers en l'honneur du Dieu : les bergeres y alloient aussi, en dansant, avec des couronnes de fleurs, & portant sur leurs têtes dans des corbeilles les dons sacrés. Après le sacrifice, nous faisions un festin champêtre;

nos plus doux mêts étoient le lait de nos
chevres & de nos brebis, que nous avions
soin de traire nous-mêmes, avec les fruits
fraîchement cueillis de nos propres mains,
tels que les dattes, les figues & les raisins :
nos sieges étoient les gazons; nos arbres
touffus nous donnoient une ombre plus
agréable que les lambris dorés des palais
des Rois.

Mais ce qui acheva de me rendre fameux parmi nos bergers, c'est qu'un jour
un lion affamé vint se jetter sur mon troupeau : déjà il commençoit un carnage affreux. Je n'avois en main que ma houlette:
je m'avance hardiment. Le lion hérisse sa
criniere, me montre ses dents & ses griffes,
ouvre une gueule seche & enflammée; ses
yeux paroissoient pleins de sang & de feu;
il bat ses flancs avec sa longue queue. Je le
terrasse : la petite cotte de mailles dont
j'étois revêtu, selon la coutume des bergers
d'Egypte, l'empêcha de me déchirer. Trois
fois je l'abattis, trois fois il se releva : il
poussoit des rugissements qui faisoient re-

tentir toutes les forêts. Enfin je l'étouffaí
entre mes bras; & les bergers, témoins de
ma victoire, voulurent que je me revêtisse
de la peau de ce terrible animal.

Le bruit de cette action , & celui du
beau changement de tous nos bergers , fe
répandit dans toute l'Egypte ; il parvint
même jufqu'aux oreilles de Séfoftris. Il sut
qu'un de ces deux captifs qu'on avoit pris
pour des Phéniciens avoit ramené l'âge
d'or dans ces déferts prefque inhabitables.
Il voulut me voir : car il aimoit les mufes;
& tout ce qui peut inftruire les hommes
touchoit fon grand cœur. Il me vit , il
m'écouta avec plaifir , & découvrit que
Métophis l'avoit trompé par avarice. Il le
condamna à une prifon perpétuelle, & lui
ôta toutes les richeffes qu'il poffédoit in-
juftement. Oh ! qu'on eft malheureux, difoit-il, quand on eft au-deffus du refte des
hommes ! fouvent on ne peut voir la vérité
par fes propres yeux : on eft environné de
gens qui l'empêchent d'arriver jufqu'à celui qui commande ; chacun eft intéreffé à

le tromper ; chacun, sous une apparence
de zele, cache son ambition. On fait sem-
blant d'aimer le Roi, & on n'aime que les
richesses qu'il donne : on l'aime si peu,
que pour obtenir ses faveurs on le flatte &
on le trahit.

Ensuite Séfostris me traita avec une tendre amitié, & résolut de me renvoyer en
Ithaque avec des vaisseaux & des troupes
pour délivrer Pénélope de tous ses amants.
La flotte étoit déjà prête, nous ne son-
gions qu'à nous embarquer. J'admirois les
coups de la fortune, qui releve tout-à-coup
ceux qu'elle a le plus abaissés. Cette expérience me faisoit espérer qu'Ulysse pourroit bien revenir enfin dans son royaume
après quelque longue souffrance. Je pensois aussi en moi-même que je pourrois
encore revoir Mentor, quoiqu'il eût été
emmené dans les pays les plus inconnus de
l'Ethiopie.

Pendant que je retardois un peu mon
départ pour tâcher d'en savoir des nouvelles, Séfostris, qui étoit fort âgé, mou-

rut fubitement, & fa mort me replongea dans de nouveaux malheurs.

Toute l'Egypte parut inconfolable de cette perte ; chaque famille croyoit avoir perdu fon meilleur ami, fon protecteur, fon pere. Les vieillards, levant les mains au ciel, s'écrioient : Jamais l'Egypte n'eut un fi bon Roi! jamais elle n'en aura de fem-blable! O Dieux! il falloit, ou ne le mon-trer point aux hommes, ou ne le leur ôter ja-mais! pourquoi faut-il que nous furvivions au grand Séfoftris! Les jeunes gens di-foient : L'efpérance de l'Egypte eft détrui-te : nos peres ont été heureux de pafser leur vie sous un fi bon Roi ; pour nous, nous ne l'avons vu que pour fentir fa perte. Ses domeftiques pleuroient nuit & jour. Quand on fit les funérailles du Roi, pen-dant quarante jours les peuples les plus re-culés y accouroient en foule : chacun vou-loit voir encore une fois le corps de Séfof-tris ; chacun vouloit en conferver l'image ; plufieurs vouloient être mis avec lui dans le tombeau.

Ce qui augmenta encore la douleur de
fa perte, c'eſt que ſon fils Bocchoris n'a-
voit ni humanité pour les étrangers, ni
curioſité pour les ſciences, ni eſtime pour
les hommes vertueux, ni amour de la
gloire. La grandeur de ſon pere avoit con-
tribué à le rendre ſi indigne de régner. Il
avoit été nourri dans la mollefſe & dans
une fierté brutale; il comptoit pour rien
les hommes, croyant qu'ils n'étoient faits
que pour lui, & qu'il étoit d'une autre
nature qu'eux; il ne ſongeoit qu'à conten-
tes ſes paſſions, qu'à diſſiper les tréſors immenſes que ſon pere avoit ménagés avec
tant de ſoin, qu'à tourmenter les peuples,
qu'à ſucer le ſang des malheureux, enfin,
qu'à ſuivre le conſeil flatteur des jeunes in-
fenſés qui l'environnoient, pendant qu'il
écartoit avec mépris tous les ſages vieillards
qui avoient eu la confiance de ſon pere.
C'étoit un monſtre, & non pas un Roi.
Toute l'Egypte gémiſsoit; & quoique le
nom de Séſoſtris, ſi cher aux Egyptiens,
leur fît ſupporter la conduite lâche &

cruelle de son fils, le fils couroit à sa perte ; & un Prince si indigne du trône ne
pouvoit long-temps régner.

Il ne me fut plus permis d'espérer mon
retour en Ithaque. Je demeurai dans une
tour sur le bord de la mer auprès de Pélu-
se, où notre embarquement devoit se faire
si Séfostris ne fût pas mort. Métophis avoit
eu l'adresse de sortir de prison, & de se ré-
tablir auprès du nouveau Roi : il m'avoit
fait renfermer dans cette tour pour se venger de la disgrace que je lui avois causée.
Je passois les jours & les nuits dans une
profonde tristesse : tout ce que Termosiris
m'avoit prédit, & tout ce que j'avois entendu dans la caverne, ne me paroissoit
plus qu'un songe ; j'étois abîmé dans la
plus amere douleur. Je voyois les vagues
qui venoient battre le pied de la tour où
j'étois prisonnier : souvent je m'occupois
à considérer des vaisseaux agités par la
tempête, qui étoient en danger de se bri-
ser contre les rochers sur lesquels la tour
étoit bâtie. Loin de plaindre ces hommes

menacés du naufrage , j'enviois leur sort.
Bientôt, difois-je à moi-même , ils finiront
les malheurs de leur vie , ou ils arriveront
en leur pays. Hélas ! je ne puis efpérer ni
l'un ni l'autre !

Pendant que je me confumois ainfi en
regrets inutiles, j'apperçus comme une forêt de mâts de vaifseaux. La mer étoit couverte de voiles que les vents enfloient; l'onde étoit écumante sous les coups de rames
innombrables. J'entendois de toutes parts
des cris confus ; j'appercevois fur le rivage
une partie des Egyptiens effrayés qui couroient aux armes , & d'autres qui fembloient aller au-devant de cette flotte
qu'on voyoit arriver. Bientôt je reconnus
que ces vaifseaux étrangers étoient les uns
de Phénicie, & les autres de l'isle de Cypre ; car mes malheurs commençoient à
me rendre expérimenté fur ce qui regarde
la navigation. Les Egyptiens me parurent
divisés entre eux : je n'eus aucune peine à
croire que l'infensé Bocchoris avoit, par
fes violences, causé une révolte de fes fu-

jets, & allumé la guerre civile. Je fus, du haut de cette tour, spectateur d'un sanglant combat.

Les Egyptiens qui avoient appellé à leur secours les étrangers, après avoir favorisé leur descente, attaquerent les autres Egyptiens qui avoient le Roi à leur tête. Je voyois ce Roi qui animoit les siens par son exemple; il paroissoit comme le dieu Mars : des ruisseaux de sang couloient autour de lui ; les roues de son char étoient teintes d'un sang noir, épais & écumant ; à peine pouvoient-elles passer sur des tas de corps morts écrasés. Ce jeune Roi, bien fait, vigoureux, d'une mine haute & fiere, avoit dans ses yeux la fureur & le désespoir : il étoit comme un beau cheval qui n'a point de bouche; son courage le poussoit au hasard, & la sagesse ne modéroit pas sa valeur. Il ne savoit ni réparer ses fautes, ni donner des ordres précis, ni prévoir les maux qui le menaçoient, ni ménager les gens dont il avoit le plus grand besoin. Ce n'étoit pas qu'il manquât de génie ; ses lu-

mieres égaloient fon courage : mais il n'a-
voit jamais été inftruit par la mauvaife
fortune ; fes maîtres avoient empoifonné
par la flatterie fon beau naturel. Il étoit
enivré de fa puifsance & de fon bonheur ,
il croyoit que tout devoit céder à fes defirs fougueux : la moindre réfiftance en-
flammoit fa colere. Alors il ne raifonnoit
plus , il étoit comme hors de lui-même :
fon orgueil furieux en faifoit une bête fa-
rouche ; fa bonté naturelle & fa droite
raifon l'abandonnoient en un inftant ; fes
plus fideles ferviteurs étoient réduits à s'en-
fuir ; il n'aimoit plus que ceux qui flat-
toient fes paffions. Ainfi il prenoit toujours
des partis extrêmes contre fes véritables intérêts, & il forçoit tous les gens de bien à
détefter fa folle conduite.

Long-temps fa valeur le foutint contre
la multitude de fes ennemis ; mais enfin il
fut accablé. Je le vis périr ; le dard d'un
Phénicien perça fa poitrine , le rênes lui
échapperent des mains , il tomba de fon
char sous les pieds des chevaux. Un foldat

de l'isle de Cypre lui coupa la tête ; & , la prenant par les cheveux , il la montra comme en triomphe à toute l'armée victorieuse.

Je me souviendrai toute ma vie d'avoir vu cette tête qui nageoit dans le sang, ces yeux fermés & éteints ; ce visage pâle & défiguré ; cette bouche entr'ouverte , qui sembloit vouloir encore achever des paroles commencées ; cet air superbe & menaçant que la mort même n'avoit pu effacer. Toute ma vie , il sera peint devant mes yeux ; & si jamais les Dieux me faisoient régner, je n'oublierois point , après un si funeste exemple, qu'un Roi n'est digne de commander & n'est heureux dans sa puissance, qu'autant qu'il la soumet à la raison. Eh! quel malheur pour un homme destiné à faire le bonheur public , de n'être le maître de tant d'hommes que pour les rendre malheureux !

Fin du Livre second.

SOMMAIRE

DU LIVRE TROISIEME.

Télémaque raconte que, le fuccefseur de Bocchoris rendant tous les prifonniers ty-riens, lui-même Télémaque fut emmené à Tyr fur le vaifseau de Narbal qui commandoit la flotte tyrienne ; que Narbal lui dépeignit Pygmalion, leur Roi, dont il falloit craindre la cruelle avarice ; qu'enfuite il avoit été inf-truit par Narbal fur les regles du commerce de Tyr, & qu'il alloit s'embarquer fur un vaifseau cyprien pour aller par l'isle de Cypre en Ithaque, quand Pygmalion découvrit qu'il étoit étranger, & voulut le faire prendre ; qu'alors il étoit fur le point de périr ; mais qu'Aftarbé, maîtrefse du Tyran, l'avoit fauvé pour faire mourir en fa place un jeune homme dont le mépris l'avoit irritée.

LIVRE TROISIEME.

Calypso écoutoit avec étonnement des paroles si sages. Ce qui la charmoit le plus étoit de voir que Télémaque racontoit ingénument les fautes qu'il avoit faites par précipitation & en manquant de docilité pour le sage Mentor : elle trouvoit une noblesse & une grandeur étonnante dans ce jeune homme qui s'accusoit lui-même, & qui paroissoit avoir si bien profité de ses imprudences pour se rendre sage, prévoyant & modéré. Continuez, disoit-elle, mon cher Télémaque, il me tarde de savoir comment vous sortîtes de l'Egypte, & où vous avez retrouvé le sage Mentor dont vous avez senti la perte avec tant de raison.

Télémaque reprit ainsi son discours : Les Egyptiens les plus vertueux & les plus fideles au Roi étant les plus foibles , & voyant le Roi mort, furent contraints de céder aux autres : on établit un autre Roi

nommé Termutis. Les Phéniciens , avec
les troupes de l'isle de Cypre , se retirerent
après avoir fait alliance avec le nouveau
Roi. Celui-ci rendit tous les prisonniers
phéniciens; je fus compté comme étant de
ce nombre. On me fit sortir de la tour , je
m'embarquai avec les autres, & l'espérance
commença à reluire au fond de mon cœur.
Un vent favorable remplissoit déjà nos voiles , les rameurs fendoient les ondes écu-
mantes , la vaste mer étoit couverte de
navires; les mariniers poussoient des cris
de joie ; les rivages d'Egypte s'enfuyoient
loin de nous ; les collines & les montagnes
s'applanissoient peu-à-peu. Nous commencions à ne voir plus que le ciel & l'eau ,
pendant que le soleil qui se levoit sembloit
faire sortir du sein de la mer ses feux étin-
celants; ses rayons doroient le sommet des
montagnes que nous découvrions encore
un peu sur l'horizon; & tout le ciel, peint
d'un sombre azur , nous promettoit une
heureuse navigation.

Quoiqu'on m'eût renvoyé comme étant

Phénicien, aucun des Phéniciens avec qui
j'étois ne me connoissoit. Narbal, qui
commandoit dans le vaisseau où l'on me
mit, me demanda mon nom & ma patrie.
De quelle ville de Phénicie êtes-vous? me
dit-il. Je ne suis point de Phénicie, lui
dis-je ; mais les Égyptiens m'avoient pris
sur la mer dans un vaisseau de Phénicie :
j'ai demeuré captif en Egypte comme un
Phénicien ; c'est sous ce nom que j'ai long-
temps souffert ; c'est sous ce nom que l'on
m'a délivré. De quel pays êtes-vous donc?
reprit alors Narbal. Je lui parlai ainsi : Je
suis Télémaque, fils d'Ulysse Roi d'Itha-
·que en Grece. Mon pere s'est rendu fameux
entre tous les Rois qui ont assiégé la ville
de Troie : mais les Dieux ne lui ont pas
accordé de revoir sa patrie. Je l'ai cherché
en plusieurs pays ; la fortune me persécute
comme lui : vous voyez un malheureux
qui ne soupire qu'après le bonheur de retourner parmi les siens, & de retrouver
son pere.

   Narbal me regardoit avec étonnement,

& il crut appercevoir en moi je ne sais quoi
d'heureux qui vient des dons du Ciel, &
qui n'est point dans le commun des hommes. Il étoit naturellement sincere & généreux ; il fut touché de mon malheur, &
me parla avec une confiance que les Dieux
lui inspirerent pour me sauver d'un grand
péril.

Télémaque, je ne doute point, me dit-
il, de ce que vous me dites, & je ne saurois
en douter ; la douleur & la vertu peintes
sur votre visage ne me permettent pas de me
défier de vous : je sens même que les Dieux,
que j'ai toujours servis, vous aiment,
& qu'ils veulent que je vous aime aussi
comme si vous étiez mon fils. Je vous don-
nerai un conseil salutaire, & pour récom-
pense je ne vous demande que le secret.
Ne craignez point, lui dis-je, que j'aie aucune peine à me taire sur les choses que
vous voudrez me confier : quoique je sois
jeune, j'ai déjà vieilli dans l'habitude de
ne dire jamais mon secret, & encore plus
de ne trahir jamais sous aucun prétexte le

fecret d'autrui. Comment avez-vous pu,
me dit-il, vous accoutumer au fecret, dans
une fi grande jeunefse? Je ferai ravi d'apprendre par quel moyen vous avez acquis
cette qualité, qui eft le fondement de la
plus fage conduite, & fans laquelle tous
les talents font inutiles.

Quand Ulyfse, lui dis-je, partit pour
aller au fiege de Troie, il me prit fur fes
genoux & entre fes bras; c'eft ainfi qu'on
me l'a raconté. Après m'avoir baisé tendrement, il me dit ces paroles, quoique
je ne pufse les entendre: O mon fils! que
les Dieux me préfervent de te revoir jamais; que plutôt le cifeau de la Parque
tranche le fil de tes jours lorfqu'il eft à
peine formé, de même que le moifsonneur
tranche de fa faux une tendre fleur qui
commence à éclorre; que mes ennemis te
puifsent écrafer aux yeux de ta mere &
aux miens, fi tu dois un jour te corrompre
& abandonner la vertu. O mes amis! con-
tinua-t-il, je vous laifse ce fils qui m'eft fi
cher; ayez foin de fon enfance: fi vous

m'aimez, éloignez de lui la pernicieufe
flatterie; enfeignez-lui à fe vaincre; qu'il
foit comme un jeune arbrifseau encore
tendre, qu'on plie pour le redrefser. Sur-
tout n'oubliez rien pour le rendre jufte,
bienfaifant, fincere, & fidele à garder le
fecret. Quiconque eft capable de mentir
eft indigne d'être compté au nombre des
hommes; & quiconque ne sait pas fe taire
eft indigne de gouverner.

Je vous rapporte ces paroles parcequ'on
a eu soin de me les répéter fouvent, &
qu'elles ont pénétré jufqu'au fond de mon
cœur : je me les redis fouvent à moi-
mêine.

Les amis de mon pere eurent soin de
m'exercer de bonne heure au fecret. J'é-
tois encore dans la plus tendre enfance, &
ils me confioient déjà toutes les peines
qu'ils refsentoient, voyant ma mere exposée à un grand nombre de téméraires qui
vouloient l'époufer. Ainfi on me traitoit
dès-lors comme un homme raifonnable &
sûr ; on m'entretenoit fecrètement des plus

grandes affaires ; on m'inftruifoit de ce qu'on avoit réfolu pour écarter les préten- dants. J'étois ravi qu'on eût en moi cette confiance ; par-là je me croyois déjà un homme fait. Jamais je n'en ai abufé ; ja- mais il ne m'a échappé une feule parole qui pût découvrir le moindre fecret. Souvent les prétendants tâchoient de me faire par- ler, efpérant qu'un enfant qui pourroit avoir vu ou entendu quelque chofe d'im- portant ne fauroit pas fe retenir : mais je favois bien leur répondre fans mentir , & fans leur apprendre ce que je ne devois point leur dire.

Alors Narbal me dit : Vous voyez, Té- lémaque, la puifsance des Phéniciens ; ils sont redoutables à toutes les nations voi- fines par leurs innombrables vaifseaux : le commerce qu'ils font jufques aux colon- nes d'Hercule leur donne des richefses qui furpafsent celles des peuples les plus florif- sants. Le grand Roi Séfoftris, qui n'auroit jamais pu les vaincre par mer , eut bien de la peine à les vaincre par terre avec fes armées qui avoient conquis tout l'Orient; il nous impofa un tribut que nous n'avons pas long-temps payé. Les Phéniciens fe trouvoient trop riches & trop puifsants pour porter patiemment le joug & la fervitude; nous reprîmes notre liberté. La mort ne laiffa pas à Séfoftris le temps de finir la guerre contre nous. Il eft vrai que nous avions tout à craindre de fa fagefse, encore plus que de fa puifsance : mais fa puifsance paffant entre les mains de fon fils, dépourvu de toute fagefse, nous conclûmes que nous n'avions plus rien à craindre. En effet, les Egyptiens, bien loin de rentrer les armes à la main dans notre pays pour nous fubjuguer encore une fois, ont été contraints de nous appeller à leur fecours pour les délivrer de ce Roi impie & furieux. Nous avons été leurs libérateurs. Quelle gloire ajoutée à la liberté & à l'opulence des Phéniciens !

Mais pendant que nous délivrons les autres, nous fommes efclaves nous-mêmes. O Télémaque ! craignez de tomber entre les mains de Pygmalion notre Roi : il les

Tome I. G

a trempées, ces mains cruelles, dans le sang de Sichée, mari de Didon, sa sœur. Didon, pleine du desir de la vengeance, s'est sauvée de Tyr avec plusieurs vaisseaux. La plupart de ceux qui aiment la vertu & la liberté l'ont suivie : elle a fondé sur la côte d'Afrique une superbe ville qu'on nomme Carthage. Pygmalion, tourmenté par une soif insatiable des richesses, se rend de plus en plus misérable & odieux à ses sujets. C'est un crime à Tyr que d'avoir de grands biens : l'avarice le rend défiant, soupçonneux, cruel ; il persécute les riches, & il craint les pauvres.

C'est un crime encore plus grand à Tyr d'avoir de la vertu ; car Pygmalion suppose que les bons ne peuvent souffrir ses injustices & ses infamies : la vertu le condamne, il s'aigrit & s'irrite contre elle. Tout l'agite, l'inquiete, le ronge ; il a peur de son ombre ; il ne dort ni nuit ni jour : les Dieux pour le confondre l'accablent de trésors dont il n'ose jouir. Ce qu'il cherche pour être heureux est précisément ce qui l'em-

pêche de l'être. Il regrette tout ce qu'il
donne, & craint toujours de perdre ; il fe
tourmente pour gagner.

On ne le voit prefque jamais ; il eft feul,
trifte, abattu au fond de fon palais : fes
amis mêmes n'ofent l'aborder, de peur de
lui devenir fufpeɛts. Une garde terrible tient
toujours des épées nues & des piques levées
autour de fa maifon. Trente chambres qui
communiquent les unes aux autres, &
dont chacune a une porte de fer avec fix
gros verroux, sont le lieu où il fe renfer-
me ; on ne sait jamais dans laquelle de ces
chambres il couche, & on afsure qu'il ne
couche jamais deux nuits de suite dans la
même, de peur d'y être égorgé. Il ne connoît ni les doux plaifirs, ni l'amitié encore
plus douce : fi on lui parle de chercher la
joie, il fent qu'elle fuit loin de lui, &
qu'elle refufe d'entrer dans fon cœur. Ses
yeux creux sont pleins d'un feu âpre & fa-
rouche ; ils sont fans cefse errants de tous
côtés : il prête l'oreille au moindre bruit,
& fe fent tout ému ; il eft pâle, défait, &

les noirs foucis sont peints fur fon vifage toujours ridé. Il fe tait, il foupire, il tire de fon cœur de profonds gémiſſemens, il ne peut cacher les remords qui déchirent fes entrailles. Les mêts les plus exquis le dégoûtent. Ses enfants, loin d'être fon efpérance, sont le sujet de fa terreur; il en a fait fes plus dangereux ennemis. Il n'a eu toute fa vie aucun moment d'afſuré; il ne fe conferve qu'à force de répandre le fang de tous ceux qu'il craint. Infenfé, qui ne voit pas que fa cruauté, à laquelle il fe confie, le fera périr! Quelqu'un de fes do-meftiques, aufſi défiant que lui, fe hâtera de délivrer le monde de ce monftre.

Pour moi, je crains les Dieux : quoi qu'il m'en coûte, je serai fidele au Roi qu'ils m'ont donné; j'aimerois mieux qu'il me fît mourir, que de lui ôter la vie, & même que de manquer à le défendre. Pour vous, ô Télémaque, gardez-vous bien de lui dire que vous êtes le fils d'Ulyſse : il efpéreroit qu'Ulyſse, retournant à Itha-que, lui paieroit quelque grande fomme

pour vous racheter, & il vous tiendroit
en prifon.

Quand nous arrivâmes à Tyr, je fuivis
le confeil de Narbal, & je reconnus la vérité de tout ce qu'il m'avoit raconté. Je ne
pouvois comprendre qu'un homme pût fe
rendre auffi miférable que Pygmalion me
le paroifsoit.

Surpris d'un fpectacle fi affreux & fi
nouveau pour moi, je difois en moi-même :
Voilà un homme qui n'a cherché qu'à fe
rendre heureux : il a cru y parvenir par les
richeſſes & par une autorité abfolue ; il poſ-
sede tout ce qu'il peut défirer, & cependant il eft miférable par fes richeſſes & par
fon autorité même. S'il étoit berger, comme je l'étois nagueres, il seroit auffi heureux que je l'ai été : il jouiroit des plaifirs
innocents de la campagne, & en jouiroit
fans remords ; il ne craindroit ni le fer ni
le poifon ; il aimeroit les hommes, il en
seroit aimé : il n'auroit point ces grandes
richeſſes qui lui sont auffi inutiles que du
sable, puifqu'il n'ofe y toucher ; mais il

jouiroit librement des fruits de la terre, &
ne souffriroit aucun véritable besoin. Cet
homme paroît faire tout ce qu'il veut :
mais il s'en faut bien qu'il ne le fasse ; il
fait tout ce que veulent ses passions féro-
ces ; il est toujours entraîné par son avarice,
par sa crainte & par ses soupçons. Il paroît
maître de tous les autres hommes ; mais il
n'est pas maître de lui-même, car il a autant de maîtres & de bourreaux qu'il a de
desirs violents.

Je raisonnois ainsi de Pygmalion sans
le voir ; car on ne le voyoit point : & on
regardoit seulement avec crainte ces hau-
tes tours, qui étoient nuit & jour entou-
rées de gardes, où il s'étoit mis lui-même
comme en prison, se renfermant avec ses
trésors. Je comparois ce Roi invisible avec
Séfostris si doux, si accessible, si affable, si
curieux de voir les étrangers, si attentif à
écouter tout le monde & à tirer du cœur
des hommes la vérité qu'on cache aux
Rois. Séfostris, disois-je, ne craignoit rien,
& n'avoit rien à craindre ; il se montroit à

tous ſes ſujets comme à ſes propres enfants :
celui-ci craint tout, & a tout à craindre.
Ce méchant Roi eſt toujours expoſé à une
mort funeſte, même dans ſon palais inac-
ceſſible, au milieu de ſes gardes : au contraire, le bon Roi Séſoſtris étoit en ſûreté
au milieu de la foule des peuples, comme
un bon pere dans ſa maiſon environné de
ſa famille.

Pygmalion donna ordre de renvoyer
les troupes de l'iſle de Cypre qui étoient
venues ſecourir les ſiennes à cauſe de l'alliance qui étoit entre les deux peuples. Narbal prit cette occaſion de me mettre en
liberté : il me fit paſſer en revue parmi les
ſoldats cypriens ; car le Roi étoit ombra-
geux juſques dans les moindres choſes.

Le défaut des Princes trop faciles &
inappliqués eſt de ſe livrer avec une aveugle confiance à des favoris artificieux &
corrompus. Le défaut de celui-ci étoit, au
contraire, de ſe défier des plus honnêtes
gens : il ne ſavoit point diſcerner les hommes droits & ſimples qui agiſſent ſans

déguifement; auffi n'avoit-il jamais vu de
gens de bien, car de telles gens ne vont
point chercher un Roi fi corrompu. D'ailleurs, il avoit vu depuis qu'il étoit fur le
trône, dans les hommes dont il s'étoit fervi, tant de diffimulation, de perfidie &
de vices affreux déguisés sous les apparen-
ces de la vertu, qu'il regardoit tous les
hommes, fans exception, comme s'ils eufsent été mafqués. Il fuppofoit qu'il n'y a
aucune fincere vertu fur la terre : ainfi il
regardoit tous les hommes comme étant
à-peu-près égaux. Quand il trouvoit un
homme faux & corrompu, il ne fe donnoit point la peine d'en chercher un autre,
comptant qu'un autre ne seroit pas meilleur. Les bons lui paroifsoient pires que les
méchants les plus déclarés, parcequ'il les
croyoit auffi méchants & plus trompeurs.

Pour revenir à moi, je fus confondu
avec les Cypriens, & j'échappai à la défiance pénétrante du Roi. Narbal trembloit, dans la crainte que je ne fufse découvert; il lui en eût coûté la vie & à moi

auffi. Son impatience de nous voir partir
étoit incroyable; mais les vents contraires
nous retinrent afsez long-temps à Tyr.

Je profitai de ce séjour pour connoître
les mœurs des Phéniciens fi célebres dans
toutes les nations connues. J'admirois
l'heureufe fituation de cette grande ville,
qui eft au milieu de la mer dans une isle.
La côte voifine eft délicieufe par fa ferti-
lité, par les fruits exquis qu'elle porte,
par le nombre de villes & de villages qui
fe touchent prefque; enfin, par la douceur de fon climat · car les montagnes met-
tent cette côte à l'abri des vents brûlants
du midi; elle eft rafraîchie par le vent du
nord qui fouffle du côté de la mer. Ce
pays eft au pied du Liban, dont le fommet
fend les nues & va toucher les aîtres; une
glace éternelle couvre fon front; des fleu-
ves pleins de neiges tombent, comme des
torrents, des pointes des rochers qui environnent fa tète. Au-deffous on voit une
vafte forêt de cedres antiques, qui paroif-
fent auffi vieux que la terre où ils font plan-

tés, & qui portent leurs branches épaiſſes
juſques vers les nues. Cette forêt a sous ſes
pieds de gras pâturages dans la pente de la
montagne. C'eſt là qu'on voit errer les taureaux qui mugiſſent, les brebis qui bêlent
avec leurs tendres agneaux bondiſſant ſur
l'herbe : là coulent mille ruiſſeaux d'une
eau claire. Enfin, on voit au-deſſous de ces
pâturages le pied de la montagne, qui eſt
comme un jardin : le printemps & l'automne y regnent enſemble pour y joindre
les fleurs & les fruits. Jamais ni le souffle
empeſté du midi, qui seche & qui brûle
tout, ni le rigoureux aquilon, n'ont osé effacer les vives couleurs qui ornent ce jardin.

C'eſt auprès de cette belle côte que s'é-
leve dans la mer l'isle où eſt bâtie la ville de
Tyr. Cette grande ville ſemble nager au-
deſſus des eaux, & être la reine de toute
la mer. Les marchands y abordent de toutes les parties du monde, & ſes habitants
sont eux-mêmes les plus fameux marchands
qu'il y ait dans l'univers. Quand on entre
dans cette ville, on croit d'abord que ce

n'eft point une ville qui appartienne à un
peuple particulier, mais qu'elle eft la ville
commune de tous les peuples, & le centre
de leur commerce. Elle a deux grands mô-
les femblables à deux bras qui s'avancent
dans la mer, & qui embrafsent un vafte
port où les vents ne peuvent entrer. Dans
ce port, on voit comme une forêt de mâts
de navires; & ces navires sont fi nombreux,
qu'à peine peut-on découvrir la mer qui
les porte. Tous les citoyens s'appliquent au
commerce, & leurs grandes richefses ne
les dégoûtent jamais du travail nécefsaire
pour les augmenter. On y voit de tous côtés le fin lin d'Egypte, & la pourpre tyrienne deux fois teinte, d'un éclat merveilleux : cette double teinture eft fi vive que
le temps ne peut l'effacer : on s'en fert pour
des laines fines qu'on rehaufse d'une broderie d'or & d'argent. Les Phéniciens ont
le commerce de tous les peuples jufqu'au
détroit de Gadès, & ils ont même pénétré
dans le vafte océan qui environne toute la
terre. Ils ont fait aufli de longues naviga-

tions fur la mer rouge; & c'eft par ce chemin qu'ils vont chercher dans des isles inconnues de l'or, des parfums, & divers
animaux qu'on ne voit point ailleurs.

Je ne pouvois rafsafier mes yeux du
fpectacle magnifique de cette grande ville
où tout étoit en mouvement. Je n'y voyois
point, comme dans les villes de la Grece,
des hommes oififs & curieux, qui vont
chercher des nouvelles dans la place publique, ou regarder les étrangers qui arrivent
fur le port. Les hommes sont occupés à
décharger leurs vaifseaux, à tranfporter
leurs marchandifes ou à les vendre, à ranger leurs magafins, & à tenir un compte
exact de ce qui leur eft dû par les négo-
ciants étrangers. Les femmes ne cefsent
jamais, ou de filer les laines, ou de faire
des deffins de broderie, ou de plier les riches étoffes.

D'où vient, difois-je à Narbal, que les
Phéniciens fe sont rendus les maîtres du
commerce de toute la terre, & qu'ils s'en-
richifsent ainfi aux dépens de tous les autres

peuples? Vous le voyez, me répondit-il :
la situation de Tyr est heureuse pour le
commerce. C'est notre patrie qui a la gloire
d'avoir inventé la navigation : les Tyriens
furent les premiers, s'il en faut croire ce
qu'on raconte de la plus obscure antiquité,
qui domterent les flots, long-temps avant
l'âge de Tiphis & des Argonautes tant
vantés dans la Grece : ils furent, dis-je, les
premiers qui oserent se mettre dans un frêle
vaisseau à la merci des vagues & des tempêtes, qui sonderent les abîmes de la mer,
qui observerent les astres loin de la terre,
suivant la science des Egyptiens & des Ba-
byloniens, enfin, qui réunirent tant de
peuples que la mer avoit séparés. Les Tyriens sont industrieux, patients, laborieux,
propres, sobres, & ménagers : ils ont une
exacte police; ils sont parfaitement d'ac-
cord entre eux : jamais peuple n'a été plus
constant, plus sincere, plus fidele, plus sûr,
plus commode à tous les étrangers.

Voilà, sans aller chercher d'autre cause,
ce qui leur donne l'empire de la mer, &

Tome I. H

qui fait fleurir dans leur port un si utile commerce. Si la division & la jalousie se mettoient entre eux ; s'ils commençoient à s'amollir dans les délices & dans l'oisiveté ; si les premiers de la nation méprisoient le travail & l'économie ; si les arts cessoient d'être en honneur dans leur ville ; s'ils manquoient de bonne foi envers les étrangers ; s'ils altéroient tant soit peu les regles d'un commerce libre ; s'ils négligeoient leurs manufactures, & s'ils cessoient de faire les grandes avances qui sont nécessaires pour rendre leurs marchandises parfaites chacune dans son genre, vous verriez bientôt tomber cette puissance que vous admirez.

Mais expliquez-moi, lui disois-je, les vrais moyens d'établir un jour à Ithaque un pareil commerce. Faites, me répondit-il, comme on fait ici : recevez bien & facilement tous les étrangers ; faites-leur trouver dans vos ports la sûreté, la commodité, la liberté entiere ; ne vous laissez jamais entraîner ni par l'avarice ni par l'orgueil. Le

vrai moyen de gagner beaucoup eft de ne
vouloir jamais trop gagner, & de favoir
perdre à propos. Faites-vous aimer par tous
les étrangers ; fouffrez même quelque chofe
d'eux ; craignez d'exciter leur jaloufie par
votre hauteur : foyez conftant dans les regles du commerce ; qu'elles foient fimples
& faciles ; accoutumez vos peuples à les fuivre inviolablement ; punifsez sévèrement la
fraude, & même la négligence ou le fafte
des marchands, qui ruine le commerce en
ruinant les hommes qui le font.

Sur-tout n'entreprenez jamais de gêner
le commerce pour le tourner felon vos vues.
Il faut que le Prince ne s'en mêle point, de
peur de le gêner, & qu'il en laifse tout le
profit à fes fujets qui en ont la peine ; au-
trement il les découragera : il en tirera
afsez d'avantages par les grandes richefses
qui entreront dans fes Etats. Le commerce
eft comme certaines fources ; fi vous voulez détourner leur cours, vous les faites
tarir. Il n'y a que le profit & la commodité
qui attirent les étrangers chez vous ; fi vous

leur rendez le commerce moins commode
& moins utile, ils se retirent insensiblement
& ne reviennent plus, parceque d'autres
peuples, profitant de votre imprudence,
les attirent chez eux, & les accoutument à
se passer de vous. Il faut même vous avouer
que depuis quelque temps la gloire de Tyr
est bien obscurcie. Oh! si vous l'aviez vue,
mon cher Télémaque, avant le regne de
Pygmalion, vous auriez été bien plus étonné! Vous ne trouvez plus ici maintenant que
les tristes restes d'une grandeur qui menace
ruine. O malheureuse Tyr! en quelles mains
es-tu tombée! autrefois la mer t'apportoit
le tribut de tous les peuples de la terre.

Pygmalion craint tout & des étrangers
& de ses sujets. Au lieu d'ouvrir, suivant
notre ancienne coutume, ses ports à toutes
les nations les plus éloignées, dans une entiere liberté, il veut savoir le nombre des
vaisseaux qui arrivent, leur pays, le nom
des hommes qui y sont, leur genre de commerce, la nature & le prix de leurs marchandises, & le temps qu'ils doivent de-

meurer ici. Il fait encore pis ; car il ufe de fupercherie pour furprendre les marchands & pour confisquer leurs marchandifes. Il inquiete les marchands qu'il croit les plus opulents; il établit, sous divers prétextes, de nouveaux impôts. Il veut entrer lui-même dans le commerce ; & tout le monde craint d'avoir quelque afaire avec lui. Ainfi le commerce languit; les étrangers oublient peu-à-peu le chemin de Tyr, qui leur étoit autrefois fi doux : & fi Pygmalion ne change de conduite, notre gloire & notre puifsance seront bientôt tranfportées à quelque autre peuple mieux gouverné que nous.

Je demandai enfuite à Narbal comment les Tyriens s'étoient rendus fi puifsants fur la mer : car je voulois n'ignorer rien de tout ce qui fert au gouvernement d'un royaume. Nous avons, me répondit-il, les foréts du Liban qui nous fournifsent les bois des vaifseaux; & nous les réfervous avec soin pour cet ufage : on n'en coupe jamais que pour les befoins publics. Pour la conftruc-

H iij

tion des vaiſseaux, nous avons l'avantage
d'avoir des ouvriers habiles.

Comment, lui diſois-je, avez-vous pu
faire pour trouver ces ouvriers?

Ils ſe ſont formés, répondit Narbal, peu-
à-peu dans le pays. Quand on récompenſe
bien ceux qui excellent dans les arts, on
eſt ſûr d'avoir bientôt des hommes qui les
menent à leur derniere perfection; car les
hommes qui ont le plus de ſageſse & de
talent ne manquent point de s'adonner aux
arts auxquels les grandes récompenſes ſont
attachées. Ici on traite avec honneur tous
ceux qui réuſſiſsent dans les arts & dans les
ſciences utiles à la navigation. On conſi-
dere un bon géometre; on eſtime fort un
habile aſtronome; on comble de biens un
pilote qui ſurpaſse les autres dans ſa fonc-
tion : on ne mépriſe point un bon char-
pentier; au contraire, il eſt bien payé &
bien traité : les bons rameurs même ont
des récompenſes ſûres & proportionnées à
leurs ſervices; on les nourrit bien; on a
ſoin d'eux quand ils ſont malades; en leur

abfence on a soin de leurs femmes & de
leurs enfants; s'ils périfsent dans un naufrage , on dédommage leur famille : on
renvoie chez eux ceux qui ont fervi un cer-
tain temps. Ainfi on en a autant qu'on en
veut : le pere eft ravi d'élever fon fils dans
un fi bon métier; &, dès fa plus tendre
jeunefse, il fe hâte de lui enfeigner à ma-
nier la rame, à tendre les cordages, & à
méprifer les tempêtes. C'eft ainfi qu'on
mene les hommes, fans contrainte, par la
récompenfe & par le bon ordre. L'autorité
feule ne fait jamais bien ; la foumiffion
des inférieurs ne fuffit pas : il faut gagner
les cœurs, & faire trouver aux hommes
leur avantage dans les chofes où l'on veut
fe fervir de leur induftrie.

Après ces difcours , Narbal me mena
vifiter tous les magafins , les arfenaux, &
tous les métiers qui fervent à la conftruc-
tion des navires. Je demandois le détail
des moindres chofes, & j'écrivois tout ce
que j'avois appris, de peur d'oublier quelque circonftance utile.

Cependant Narbal, qui connoifsoit Pyg-malion, & qui m'aimoit, attendoit avec impatience mon départ, craignant que je ne fufse découvert par les efpions du Roi, qui alloient nuit & jour par toute la ville : mais les vents ne nous permettoient pas encore de nous embarquer. Pendant que nous étions occupés à vifiter curieufement le port, & à interroger divers marchands, nous vîmes venir à nous un Officier de Pyg-malion, qui dit à Narbal : Le Roi vient d'apprendre d'un des Capitaines des vaif-feaux qui sont revenus d'Egypte avec vous, que vous avez amené un étranger qui pafse pour Cyprien : le Roi veut qu'on l'arrête, & qu'on sache certainement de quel pays il eſt ; vous en répondrez fur votre tête. Dans ce moment je m'étois un peu éloigné pour regarder de plus près les proportions que les Tyriens avoient gardées dans la conſtruction d'un vaifseau prefque neuf, qui étoit, difoit-on, par cette proportion fi exacte de toutes fes parties, le meilleur voilier qu'on eût jamais vu dans le port ;

& j'interrogeois l'ouvrier qui avoit réglé cette proportion.

Narbal, surpris & effrayé, répondit : Je vais chercher cet étranger qui eſt de l'isle de Cypre. Mais quand il eut perdu de vue cet Officier, il courut vers moi pour m'avertir du danger où j'étois : Je ne l'avois que trop prévu, me dit-il, mon cher Télémaque ! nous ſommes perdus ! le Roi, que ſa défiance tourmente jour & nuit, ſoupçonne que vous n'êtes pas de l'isle de Cypre ; il ordonne qu'on vous arrête : il veut me faire périr ſi je ne vous mets entre ſes mains. Que ferons-nous ? O Dieux ! donnez-nous la ſageſſe pour nous tirer de ce péril. Il faudra, Télémaque, que je vous mene au palais du Roi. Vous ſoutiendrez que vous êtes Cyprien, de la ville d'Amathonte, fils d'un ſtatuaire de Vénus. Je déclarerai que j'ai connu autrefois votre pere ; & peut-être que le Roi, ſans approfondir davantage, vous laiſſera partir. Je ne vois plus d'autres moyens de ſauver votre vie & la mienne.

Je répondis à Narbal : Laissez périr un malheureux que le destin veut perdre. Je sais mourir, Narbal ; & je vous dois trop pour vous entraîner dans mon malheur. Je ne puis me résoudre à mentir. Je ne suis point Cyprien ; & je ne saurois dire que je le suis. Les Dieux voient ma sincérité, c'est à eux à conserver ma vie par leur puissance s'ils le veulent ; mais je ne veux point la sauver par un mensonge.

Narbal me répondoit : Ce mensonge, Télémaque, n'a rien qui ne soit innocent ; les Dieux mêmes ne peuvent le condamner : il ne fait aucun mal à personne ; il sauve la vie à deux innocents ; il ne trompe le Roi que pour l'empêcher de faire un grand crime. Vous poussez trop loin l'amour de la vertu & la crainte de blesser la religion.

Il suffit, lui disois-je, que le mensonge soit mensonge, pour ne pas être digne d'un homme qui parle en présence des Dieux, & qui doit tout à la vérité. Celui qui blesse la vérité offense les Dieux & se blesse

soi-même, car il parle contre sa conscience.
Cessez, Narbal, de me proposer ce qui est
indigne de vous & de moi. Si les Dieux ont
pitié de nous, ils sauront bien nous délivrer :
s'ils veulent nous laisser périr, nous serons
en mourant les victimes de la vérité, &
nous laisserons aux hommes l'exemple de
préférer la vertu sans tache à une longue
vie : la mienne n'est déjà que trop longue,
étant si malheureuse. C'est vous seul, ô
mon cher Narbal, pour qui mon cœur s'at-
tendrit. Falloit-il que votre amitié pour un
malheureux étranger vous fût si funeste !

Nous demeurâmes long-temps dans cette
espece de combat ; mais enfin nous vîmes
arriver un homme qui couroit hors d'haleine : c'étoit un autre Officier du Roi, qui
venoit de la part d'Astarbé.

Cette femme étoit belle comme une
Déesse ; elle joignoit aux charmes du corps
tous ceux de l'esprit ; elle étoit enjouée,
flatteuse, insinuante. Avec tant de charmes
trompeurs elle avoit, comme les Sirenes,
un cœur cruel & plein de malignité ; mais

elle favoit cacher fes fentiments corrompus par un profond artifice. Elle avoit fu
gagner le cœur de Pygmalion par fa beauté, par fon efprit, par fa douce voix, & par
l'harmonie de fa lyre. Pygmalion, aveu-
glé par un violent amour pour elle, avoit
abandonné la Reine Topha, fon époufe.
Il ne fongeoit qu'à contenter les paffions
de l'ambitieufe Aftarbé. L'amour de cette
femme ne lui étoit guere moins funefte que
fon infâme avarice : mais quoiqu'il eût
tant de paffion pour elle, elle n'avoit pour
lui que du mépris & du dégoût. Elle ca-
choit fes vrais fentiments ; & elle faifoit
femblant de ne vouloir vivre que pour lui,
dans le temps même où elle ne pouvoit le
fouffrir.

Il y avoit à Tyr un jeune Lydien, nommé Malachon, d'une merveilleufe beauté,
mais mou, efféminé, noyé dans les plaifirs. Il ne fongeoit qu'à conferver la déli-
cateffe de fon teint, qu'à peigner fes cheveux blonds flottant fur fes épaules, qu'à
fe parfumer, qu'à donner un tour gracieux

aux plis de fa robe, enfin qu'à chanter fes
amours fur fa lyre. Aftarbé le vit, elle l'aima, & en devint furieufe. Il la méprifa,
parcequ'il étoit paffionné pour une autre
femme. D'ailleurs il craignit de s'expofer
à la cruelle jaloufie du Roi. Aftarbé, fe fen-
tant méprisée, s'abandonna à fon refsen-
timent. Dans fon défefpoir, elle s'imagina
qu'elle pouvoit faire pafser Malachon pour
l'étranger que le Roi faifoit chercher, &
qu'on difoit qui étoit venu avec Narbal.

En effet, elle le perfuada à Pygmalion,
& corrompit tous ceux qui auroient pu le
détromper. Comme il n'aimoit point les
hommes vertueux, & qu'il ne favoit point
les difcerner, il n'étoit environné que de
gens intérefsés, artificieux, prêts à exécu-
ter fes ordres injuftes & fanguinaires. De
telles gens craignoient l'autorité d'Aftarbé, & ils lui aidoient à tromper le Roi, de
peur de déplaire à cette femme hautaine
qui avoit toute fa confiance. Ainfi Malachon, quoique connu pour Lydien dans
toute la ville, pafsa pour le jeune étranger

que Narbal avoit emmené d'Egypte ; il fut mis en prison.

Aftarbé, qui craignoit que Narbal n'allât parler au Roi & ne découvrît son imposture, envoya en diligence à Narbal cet Officier, qui lui dit ces paroles : Aftarbé vous défend de découvrir au Roi quel est votre étranger ; elle ne vous demande que le silence, & elle saura bien faire en sorte que le Roi soit content de vous : cependant hâtez-vous de faire embarquer avec les Cypriens le jeune étranger que vous avez amené d'Egypte, afin qu'on ne le voie plus dans la ville. Narbal, ravi de pouvoir ainsi sauver sa vie & la mienne, promit de se taire ; & l'Officier, satisfait d'avoir obtenu ce qu'il demandoit, s'en retourna rendre compte à Aftarbé de sa commission.

Narbal & moi nous admirâmes la bonté des Dieux, qui récompensoient notre sincérité, & qui ont un soin si touchant de ceux qui hasardent tout pour la vertu.

Nous regardions avec horreur un Roi

livré à l'avarice & à la volupté. Celui qui
craint avec tant d'excès d'être trompé,
difions-nous, mérite de l'être, & l'eft prefque toujours groffièrement. Il fe défie des
gens de bien & s'abandonne à des fcélérats : il eft le feul qui ignore ce qui fe pafse.
Voyez Pygmalion ; il eft le jouet d'une
femme fans pudeur. Cependant les Dieux
fe fervent du menfonge des méchants pour
fauver les bons, qui aiment mieux perdre
la vie que de mentir.

En même temps nous apperçûmes que
les vents changeoient, & qu'ils devenoient
favorables aux vaiffeaux de Cypre. Les
Dieux fe déclarent ! s'écria Narbal ; ils
veulent, mon cher Télémaque, vous mettre en fûreté : fuyez cette terre cruelle &
maudite. Heureux qui pourroit vous fuivre
jufques dans les rivages les plus inconnus !
heureux qui pourroit vivre & mourir avec
vous ! mais un deftin févere m'attache à
cette malheureufe patrie ; il faut fouffrir
avec elle : peut-être faudra-t-il être enfe-
veli dans fes ruines ; n'importe, pourvu

I ij

que je dife toujours la vérité, & que mon
cœur n'aime que la juftice. Pour vous, ô
mon cher Télémaque, je prie les Dieux,
qui vous conduifent comme par la main,
de vous accorder le plus précieux de tous
les dons, qui eft la vertu pure & fans tache,
jufqu'à la mort. Vivez, retournez en Ithaque, confolez Pénélope, délivrez-la de fes
téméraires amants. Que vos yeux puifsent
voir, que vos mains puifsent embrafser, le
fage Ulyfse ; & qu'il trouve en vous un fils
qui égale fa fagefse ! Mais dans votre bonheur fouvenez-vous du malheureux Narbal, & ne cefsez jamais de m'aimer.

Quand il eut achevé ces paroles, je l'ar-
rofai de mes larmes fans lui répondre : de
profonds foupirs m'empêchoient de parler : nous nous embraffions en filence. Il
me mena jufqu'au vaifseau ; il demeura
fur le rivage ; & quand le vaifseau fut parti
nous ne ceffions de nous regarder tandis
que nous pûmes nous voir.

Fin du troifieme Livre.

SOMMAIRE

DU LIVRE QUATRIEME.

Calypfo interrompt Télémaque pour le faire repofer. Mentor le blâme en fecret d'avoir entrepris le récit de fes aventures, & lui confeille de les achever, puifqu'il les a commencées. Télémaqne raconte que, pendant fa navigation depuis Tyr jufqu'en l'isle de Cypre, il avoit eu un fonge où il avoit vu Vénus & Cupidon, contre qui Minerve le protégeoit; qu'enfuite il avoit cru voir auffi Mentor qui l'exhortoit à fuir l'isle de Cypre; qu'à fon réveil une tempête auroit fait périr le vaifseau s'il n'eût pris lui-même le gouvernail, parceque les Cypriens, noyés dans le vin, étoient hors d'état de le fauver; qu'à fon arrivée dans l'isle il avoit vu avec horreur les exemples les plus contagieux; mais que le Syrien Hazael, dont Mentor étoit devenu l'efclave, fe trouvant alors au même lieu, lui avoit rendu ce fage conducteur, & les avoit embarqués dans fon vaifseau pour les mener en Crete; & que, dans ce trajet, ils avoient vu le beau fpectacle d'Amphitrite traînée dans fon char par des chevaux marins.

$\sim\!\!\mathcal{M}$

LIVRE QUATRIEME.

Calypso, qui avoit été jufqu'à ce moment immobile & tranfportée de plaifir en écoutant les aventures de Télémaque, l'interrompit pour lui faire prendre quelque repos. Il eft temps, lui dit-elle, que vous alliez goûter la douceur du fommeil après tant de travaux. Vous n'avez rien à craindre ici : tout vous eft favorable. Abandonnez-vous donc à la joie ; goûtez la paix & tous les autres dons des Dieux dont vous allez être comblé. Demain, quand l'Aurore avec fes doigts de rofes entr'ouvrira les portes dorées de l'Orient, & que les chevaux du Soleil, fortant de l'onde amere, répandront les flammes du jour pour chafser devant eux toutes les étoiles du ciel, nous reprendrons, mon cher Télémaque, l'hiftoire de vos malheurs. Jamais votre pere n'a égalé votre fagefse & votre courage : ni Achille, vainqueur d'Hector, ni Thé-

sée, revenu des enfers, ni même le grand
Alcide, qui a purgé la terre de tant de
monſtres, n'ont fait voir autant de force
& de vertu que vous. Je ſouhaite qu'un
profond ſommeil vous rende cette nuit
courte. Mais hélas ! qu'elle sera longue
pour moi ! qu'il me tardera de vous revoir,
de vous entendre, de vous faire redire ce
que je sais déjà, & de vous demander ce
que je ne sais pas encore ! Allez, mon cher
Télémaque, avec le ſage Mentor que les
Dieux vous ont rendu, allez dans cette
grotte écartée, où tout eſt préparé pour votre repos. Je prie Morphée de répandre ſes
plus doux charmes ſur vos paupieres appe-
ſanties, de faire couler une vapeur divine
dans tous vos membres fatigués, & de vous
envoyer des ſonges légers, qui, voltigeant
autour de vous, flattent vos sens par les
images les plus riantes, & repouſsent loin
de vous tout ce qui pourroit vous réveiller
trop promptement.

La Déeſse conduiſit elle-même Télémaque dans une grotte séparée de la ſienne.

Elle n'étoit ni moins ruſtique ni moins agréable. Une fontaine, qui couloit dans un coin, y faiſoit un doux murmure qui appelloit le ſommeil. Les Nymphcs y a-voient préparé deux lits d'une molle ver-dure, ſur leſquels elles avoient étendu deux grandes peaux, l'une de lion pour Téléma-que, & l'autre d'ours pour Mentor.

Avant que de laiſser fermer ſes yeux au ſommeil, Mentor parla ainſi à Télémaque: Le plaiſir de raconter vos hiſtoires vous a entraîné; vous avez charmé la Déeſse en lui expliquant les dangers dont votre courage & votre induſtrie vous ont tiré : par-là vous n'avez fait qu'enflammer davantage ſon cœur, & que vous préparer une plus dangereuſe captivité. Comment eſpérez-vous qu'elle vous laiſse maintenant ſortir de ſon isle, vous qui l'avez enchantée par le récit de vos aventures? L'amour d'une vaine gloire vous a fait parler ſans pru-dence. Elle s'étoit engagée à vous raconter des hiſtoires, & à vous apprendre quelle a été la deſtinée d'Ulyſse; elle a trouvé moyen

de parler long-temps fans rien dire ; & elle
vous a engagé à lui expliquer tout ce qu'elle
defire favoir : tel eft l'art des femmes flatteufes & paffionnées. Quand eft-ce, ô Télémaque, que vous ferez afsez fage pour ne
jamais parler par vanité ; & que vous fau-
rez taire tout ce qui vous eft avantageux,
quand il n'eft pas utile à dire ? Les autres
admirent votre fagefse dans un âge où il eft
pardonnable d'en manquer : pour moi, je
ne puis vous pardonner rien ; je fuis le feul
qui vous connoifse, & qui vous aime afsez
pour vous avertir de toutes vos fautes.
Combien êtes-vous encore éloigné de la
fagefse de votre pere !

Quoi donc ! répondit Télémaque, pou-
vois-je refufer à Calypfo de lui raconter
mes malheurs ? Non, reprit Mentor, il falloit les lui raconter : mais vous deviez le
faire en ne lui difant que ce qui pouvoit
lui donner de la compaffion. Vous pouviez
lui dire que vous aviez été, tantôt errant,
tantôt captif en Sicile, puis en Egypte. C'é-
toit lui dire afsez : & tout le refte n'a fervi

qu'à augmenter le poiſon qui brûle déjà ſon cœur. Plaiſe aux Dieux que le vôtre puiſse s'en préſerver!

Mais que ferai-je donc? continua Télémaque d'un ton modéré & docile. Il n'eſt plus temps, repartit Mentor, de lui cacher ce qui reſte de vos aventures : elle en ſait aſsez pour ne pouvoir être trompée ſur ce qu'elle ne ſait pas encore; votre réſerve ne ſerviroit qu'à l'irriter. Achevez donc demain de lui raconter tout ce que les Dieux ont fait en votre faveur, & apprenez une autre fois à parler plus ſobrement de tout ce qui peut vous attirer quelque louange.

Télémaque reçut avec amitié un ſi bon conſeil; & ils ſe coucherent.

Auſſi-tôt que Phébus eut répandu ſes premiers rayons ſur la terre, Mentor, entendant la voix de la Déeſse qui appelloit ſes Nymphes dans le bois, éveilla Télémaque. Il eſt temps, lui dit-il, de vaincre le ſommeil. Allons retrouver Calypſo : mais défiez-vous de ſes douces paroles; ne lui ouvrez jamais votre cœur; craignez le poifon flatteur de fes louanges. Hier elle vous élevoit au-defsus de votre fage pere, de l'invincible Achille, du fameux Thésée, d'Hercule devenu immortel. Sentîtes-vous combien cette louange eft exceffive ? Crûtes-vous ce qu'elle difoit? Sachez qu'elle ne le croit pas elle-même : elle ne vous loue qu'à caufe qu'elle vous croit foible & afsez vain pour vous laifser tromper par des louanges difproportionnées à vos actions.

Après ces paroles, ils allerent au lieu où la Déefse les attendoit. Elle fourit en les voyant, & cacha, sous une apparence de joie, la crainte & l'inquiétude qui troubloient fon cœur ; car elle prévoyoit que Télémaque, conduit par Mentor, lui échapperoit de même qu'Ulyfse. Hâtez-vous, dit-elle, mon cher Télémaque, de fatisfaire ma curiofité; j'ai cru, pendant toute la nuit, vous voir partir de Phénicie & chercher une nouvelle deftinée dans l'isle de Cypre : dites-nous donc quel fut ce voyage, & ne perdons pas un moment. Alors on s'affit fur l'herbe, femée de violettes, à l'ombre d'un bocage épais.

Calypfo ne pouvoit s'empêcher de jetter fans cefse des regards tendres & paffionnés fur Télémaque, & de voir avec indignation que Mentor obfervoit jufqu'au moindre mouvement de fes yeux. Cependant toutes les Nymphes en filence fe penchoient pour prêter l'oreille, & faifoient une efpece de demi-cercle pour mieux écouter & pour mieux voir : les yeux de toute l'afsemblée étoient immobiles & attachés fur le jeune homme.

Télémaque, baifsant les yeux & rougifsant avec beaucoup de grace, reprit ainfi la fuite de fon hiftoire :

A peine le doux fouffle d'un vent favorable avoit rempli nos voiles, que la terre de Phénicie difparut à nos yeux. Comme j'étois avec les Cypriens, dont j'ignorois les mœurs, je me réfolus de me taire, de remarquer tout, & d'obferver toutes les regles de la difcrétion pour gagner leur eftime. Mais pendant mon filence un fom-

meil doux & puifsant vint me faifir : mes
fens étoient liés & fufpendus ; je goûtois
une paix & une joie profonde qui enivroit
mon cœur.

Tout-à-coup je crus voir Vénus qui fen-
doit les nues dans fon char volant conduit
par deux colombes. Elle avoit cette éclatante beauté, cette vive jeunefse, ces graces tendres, qui parurent en elle quand elle
fortit de l'écume de l'Océan & qu'elle
éblouit les yeux de Jupiter même. Elle def-
cendit d'un vol rapide jufqu'auprès de moi,
me mit en fouriant la main fur l'épaule ,
&, me nommant par mon nom, prononça
ces paroles : Jeune Grec, tu vas entrer dans
mon empire ; tu arriveras bientôt dans
cette isle fortunée où les plaifirs , les ris,
les jeux folâtres, naifsent sous mes pas. Là,
tu brûleras des parfums fur mes autels ; là,
je te plongerai dans un fleuve de délices.
Ouvre ton cœur aux plus douces efpéran-
ces ; & garde-toi bien de réfifter à la plus
puifsante de toutes les Déefses, qui veut te
rendre heureux.

En même-temps j'apperçus l'enfant Cupidon, dont les petites ailes s'agitant le faisoient voler autour de sa mere. Quoiqu'il eût sur son visage la tendresse, les graces, & l'enjouement de l'enfance, il avoit je ne sais quoi dans ses yeux perçants qui me faisoit peur. Il rioit en me regardant : son ris étoit malin, moqueur & cruel. Il tira de son carquois d'or la plus aiguë de ses fleches, il banda son arc, & alloit me percer, quand Minerve se montra soudainement pour me couvrir de son égide. Le visage de cette Déesse n'avoit point cette beauté molle & cette langueur passionnée que j'avois remarquée dans le visage & dans la posture de Vénus. C'étoit au contraire une beauté simple, négligée, modeste : tout étoit grave, vigoureux, noble, plein de force & de majesté. La fleche de Cupidon, ne pouvant percer l'égide, tomba par terre. Cupidon, indigné, en soupira amèrement ; il eut honte de se voir vaincu. Loin d'ici, s'écria Minerve, loin d'ici, téméraire enfant ! tu

ne vaincras jamais que des ames lâches,
qui aiment mieux tes honteux plaisirs que
la sagesse, la vertu & la gloire.

A ces mots l'Amour irrité s'envola ; &
Vénus remontant vers l'Olympe, je vis long-
temps son char avec ses deux colombes
dans une nuée d'or & d'azur ; puis elle dis-
parut. En baisant mes yeux vers la terre,
je ne retrouvai plus Minerve.

Il me sembla que j'étois transporté dans
un jardin délicieux, tel qu'on dépeint les
Champs élysées. En ce lieu je reconnus
Mentor, qui me dit : Fuyez cette cruelle
terre, cette isle empestée, où l'on ne respire que la volupté. La vertu la plus cou-
rageuse y doit trembler, & ne se peut sauver qu'en fuyant. Dès que je le vis je vou-
lus me jetter à son cou pour l'embrasser ;
mais je sentois que mes pieds ne pouvoient
se mouvoir, que mes genoux se déroboient
sous moi, & que mes mains, s'efforçant de
saisir Mentor, cherchoient une ombre vaine
qui m'échappoit toujours. Dans cet effort
je m'éveillai ; & je connus que ce songe

myſtérieux étoit un avertiſsement divin. Je
me ſentis plein de courage contre les plaiſirs & de défiance contre moi-même pour
déteſter la vie molle des Cypriens. Mais ce
qui me perça le cœur fut que je crus que
Mentor avoit perdu la vie, & qu'ayant
paſsé les ondes du Styx il habitoit l'heureux séjour des ames juſtes.

Cette pensée me fit répandre un torrent
de larmes. On me demanda pourquoi je
pleurois. Les larmes, répondis-je, ne con-
viennent que trop à un malheureux étranger qui erre ſans eſpérance de revoir ſa
patrie. Cependant tous les Cypriens qui
étoient dans le vaiſseau s'abandonnoient
à une folle joie. Les rameurs, ennemis du
travail, s'endormoient ſur leurs rames; le
pilote, couronné de fleurs, laiſsoit le gouvernail, & tenoit en ſa main une grande
cruche de vin qu'il avoit preſque vuidée : lui
& tous les autres, troublés par la fureur de
Bacchus, chantoient à l'honneur de Vénus
& de Cupidon des vers qui devoient faire
horreur à tous ceux qui aiment la vertu.

Pendant qu'ils oublioient ainsi les dangers de la mer, une soudaine tempête troubla le ciel & la mer. Les vents déchaînés mugissoient avec fureur dans les voiles ; les ondes noires battoient les flancs du navire, qui gémissoit sous leurs coups. Tantôt nous montions sur le dos des vagues enflées, tantôt la mer sembloit se dérober sous le navire & nous précipiter dans l'abîme. Nous appercevions auprès de nous des rochers contre lesquels les flots irrités se brisoient avec un bruit horrible. Alors je compris par expérience ce que j'avois souvent ouï dire à Mentor, que les hommes mous & abandonnés aux plaisirs manquent de courage dans les dangers. Tous nos Cypriens abattus pleuroient comme des femmes ; je n'entendois que des cris pitoyables, que des regrets sur les délices de la vie, que de vaines promesses aux Dieux pour leur faire des sacrifices si on pouvoit arriver au port. Personne ne conservoit assez de présence d'esprit, ni pour ordonner les manœuvres, ni pour les faire. Il me parut que je devois,

en fauvant ma vie, fauver celle des autres.
Je pris le gouvernail en main, parceque
le pilote, troublé par le vin comme une
Bacchante, étoit hors d'état de connoître
le danger du vaiffeau : j'encourageai les
matelots effrayés ; je leur fis abaiffer les
voiles ; ils ramerent vigoureufement : nous
paffâmes au travers des écueils, & nous
vîmes de près toutes les horreurs de la
mort.

Cette aventure parut comme un fonge
à tous ceux qui me devoient la conferva-
tion de leur vie ; ils me regardoient avec
étonnement. Nous arrivâmes en l'isle de
Cypre au mois du printemps qui eft confa-
cré à Vénus. Cette faifon, difoient les Cypriens, convient à cette Déeffe : car elle
femble animer toute la nature, & faire
naître les plaifirs comme les fleurs.

En arrivant dans l'isle, je fentis un air
doux qui rendoit les corps lâches & paref-
feux, mais qui infpiroit une humeur enjouée & folâtre. Je remarquai que la campagne, naturellement fertile & agréable,

étoit presque inculte, tant les habitants étoient ennemis du travail. Je vis de tous côtés des femmes & de jeunes filles vainement parées qui alloient, en chantant les louanges de Vénus, se dévouer à son temple. La beauté, les graces, la joie, les plaisirs, éclatoient également sur leurs visages, mais les graces y étoient affectées. On n'y voyoit point une noble simplicité & une pudeur aimable, qui fait le plus grand charme de la beauté. L'air de mollesse, l'art de composer leurs visages, leur parure vaine, leur démarche languissante, leurs regards qui sembloient chercher ceux des hommes, leur jalousie entre elles pour allumer de grandes passions, en un mot, tout ce que je voyois dans ces femmes me sembloit vil & méprisable : à force de vouloir plaire elles me dégoûtoient.

On me conduisit au temple de la Déesse : elle en a plusieurs dans cette isle ; car elle est particulièrement adorée à Cythere, à Idalie, & à Paphos : c'est à Cythere que je fus conduit. Le temple est tout de marbre ;

c'eſt un parfait périſtyle : les colonnes sont
d'une groſseur & d'une hauteur qui rendent cet édifice très majeſtueux : au-deſsus
de l'architrave & de la friſe sont à chaque
face de grands frontons où l'on voit en
bas-relief toutes les plus agréables aventures de la Déeſse. A la porte du temple eſt
ſans ceſse une foule de peuples qui viennent
faire leurs offrandes.

On n'égorge jamais, dans l'enceinte du
lieu ſacré, aucune victime ; on n'y brûle
point, comme ailleurs, la graiſse des geniſ-
ses & des taureaux ; on n'y répand jamais
leur ſang : on préſente ſeulement devant
l'autel les bêtes qu'on offre ; & on n'en
peut offrir aucune qui ne ſoit jeune, blanche, ſans défaut & ſans tache : on les couvre
de bandelettes de pourpre brodées d'or :
leurs cornes sont dorées & ornées de bou-
quets de fleurs odoriférantes. Après qu'elles
ont été préſentées devant l'autel, on les
renvoie dans un lieu écarté, où elles sont
égorgées pour les feſtins des Prêtres de la
Déeſse.

On offre aussi toutes sortes de liqueurs parfumées & du vin plus doux que le nectar. Les Prêtres sont revêtus de longues robes blanches avec des ceintures d'or & des franges de même au bas de leurs robes. On brûle nuit & jour fur les autels les parfums les plus exquis de l'Orient, & ils forment une espece de nuage qui monte vers le ciel. Toutes les colonnes du temple sont ornées de festons pendants ; tous les vases qui servent au sacrifice sont d'or ; un bois sacré de myrtes environne le bâtiment. Il n'y a que de jeunes garçons & de jeunes filles d'une rare beauté qui puisent présenter les victimes aux Prêtres & qui osent allumer le feu des autels. Mais l'impudence & la dissolution déshonorent un temple si magnifique.

D'abord j'eus horreur de tout ce que je voyois ; mais insensiblement je commençois à m'y accoutumer. Le vice ne m'effrayoit plus ; toutes les compagnies m'inspiroient je ne sais quelle inclination pour le désordre : on se moquoit de mon innocence ; ma retenue & ma pudeur fervoient de jouet à ces peuples effrontés. On n'oublioit rien pour exciter toutes mes paffions, pour me tendre des pieges, & pour réveiller en moi le goût des plaifirs. Je me fentois affoiblir tous les jours ; la bonne éducation que j'avois reçue ne me foutenoit prefque plus ; toutes mes bonnes réfolutions s'évanouifsoient. Je ne me fentois plus la force de réfifter au mal qui me prefsoit de tous côtés ; j'avois même une mauvaife honte de la vertu. J'étois comme un homme qui nage dans une riviere profonde & rapide : d'abord il fend les eaux & remonte contre le torrent ; mais fi les bords sont efcarpés, & s'il ne peut fe repofer fur le rivage, il fe lafse enfin peu-à-peu, fa force l'abandonne, fes membres épuisés s'engourdifsent, & le cours du fleuve l'entraîne.

Ainfi mes yeux commençoient à s'obfcurcir, mon cœur tomboit en défaillance ; je ne pouvois plus rappeller ni ma raifon ni le fouvenir des vertus de mon pere. Le songe où je croyois avoir vu le sage Mentor descendu aux Champs élysées achevoit de me décourager : une secrete & douce langueur s'emparoit de moi. J'aimois déjà le poison flatteur qui se glissoit de veine en veine & qui pénétroit jusqu'à la moëlle de mes os. Je poussois néanmoins encore de profonds soupirs ; je versois des larmes ameres ; je rugissois comme un lion, dans ma fureur. O malheureuse jeunesse ! disois-je : ô Dieux qui vous jouez cruellement des hommes ! pourquoi les faites-vous passer par cet âge, qui est un temps de folie & de fievre ardente ? Oh ! que ne suis-je couvert de cheveux blancs, courbé & proche du tombeau, comme Laërte, mon aïeul ! la mort me seroit plus douce que la foiblesse honteuse où je me vois.

A peine avois-je ainsi parlé que ma douleur s'adoucissoit, & que mon cœur, enivré d'une folle passion, secouoit presque toute pudeur ; puis je me voyois replongé dans un abîme de remords. Pendant ce trouble, je courois errant çà & là dans le facré bocage, femblable à une biche qu'un chaffeur a blefsée : elle court au travers des vaftes forêts pour foulager fa douleur ; mais la fleche qui l'a percée dans le flanc la suit par-tout ; elle porte par-tout avec elle le trait meurtrier. Ainfi je courois en vain pour m'oublier moi-même ; & rien n'adoucifsoit la plaie de mon cœur.

En ce moment j'apperçus afsez loin de moi, dans l'ombre épaifse de ce bois, la figure du fage Mentor : mais fon vifage me parut fi pâle, fi trifte & fi auftere, que je ne pus en refsentir aucune joie. Eft-ce donc vous, m'écriai-je, ô mon cher ami, mon unique efpérance ? eft-ce vous ? quoi donc ! eft-ce vous même ? une image trompeufe ne vient-elle pas abufer mes yeux ? eft-ce vous, Mentor ? n'eft-ce point votre ombre encore fenfible à mes maux ? n'êtes-vous point au rang des ames heureufes qui jouifsent de leur vertu, & à qui les Dieux donnent des plaifirs purs dans une éternelle paix aux Champs élysées ? Parlez, Mentor, vivez-vous encore ? Suis-je afsez heureux pour vous posséder ? ou bien n'est-ce qu'une ombre de mon ami ? En disant ces paroles je courois vers lui, tout transporté, jusqu'à perdre la respiration : il m'attendoit tranquillement sans faire un pas vers moi. O Dieux ! vous le savez, quelle fut ma joie quand je sentis que mes mains le touchoient ! Non, ce n'est pas une vaine ombre ! je le tiens, je l'embrasse, mon cher Mentor ! C'est ainsi que je m'écriai. J'arrosois son visage d'un torrent de larmes ; je demeurois attaché à son cou sans pouvoir parler. Il me regardoit tristement avec des yeux pleins d'une tendre compassion.

Enfin je lui dis : Hélas ! d'où venez-vous ? en quels dangers ne m'avez-vous point laissé pendant votre absence ! & que ferois-je maintenant sans vous ? Mais sans répondre à mes questions : Fuyez ! me dit-il d'un ton terrible ; fuyez ! hâtez-vous de fuir ! Ici la terre ne porte pour fruit que du poison : l'air qu'on respire est empesté ; les hommes, contagieux, ne se parlent que pour se communiquer un venin mortel. La volupté làche & infâme, qui est le plus horrible des maux sortis de la boîte de Pandore, amollit les cœurs, & ne souffre ici aucune vertu. Fuyez ! que tardez-vous ? ne regardez pas même derriere vous en fuyant ; effacez jusques au moindre souvenir de cette isle exécrable.

Il dit, & aussi-tôt je sentis comme un nuage épais qui se dissipoit sur mes yeux & qui me laissoit voir la pure lumiere : une joie douce & pleine d'un ferme courage renaissoit dans mon cœur. Cette joie étoit bien différente de cette autre joie molle & folâtre dont mes sens avoient d'abord été empoisonnés : l'une est une joie d'ivresse & de trouble, qui est entrecoupée de passions furieuses & de cuisants remords : l'autre est une joie de raison qui a quelque chose de bienheureux & de céleste ; elle est toujours pure & égale, rien ne peut l'épuiser ; plus on s'y plonge, plus elle est douce ; elle ravit l'ame sans la troubler. Alors je versai des larmes de joie, & je trouvois que rien n'étoit si doux que de pleurer ainsi. O heu-

reux, difois-je, les hommes à qui la vertu
fe montre dans toute fa beauté ! peut-on la
voir fans l'aimer ! peut-on l'aimer fans être
heureux !

Mentor me dit : Il faut que je vous quitte ;
je pars dans ce moment : il ne m'eft pas permis de m'arrêter. Où allez-vous donc ? lui
répondis-je : en quelle terre inhabitable ne
vous fuivrai-je point ? ne croyez pas pouvoir m'échapper ; je mourrai plutôt fur vos
pas. En difant ces paroles je le tenois serré
de toute ma force. C'eft en vain, me dit-il,
que vous efpérez de me retenir. Le cruel Métophis me vendit à des Ethiopiens ou Ara-
bes. Ceux-ci, étant allés à Damas en Syrie
pour leur commerce, voulurent fe défaire
de moi, croyant en tirer une grande fomme
d'un nommé Hazael, qui cherchoit un efclave grec pour connoître les mœurs de la
Grece & pour s'inftruire de nos fciences. En
effet Hazael m'acheta chèrement. Ce que
je lui ai appris de nos mœurs lui a donné
la curiofité de pafser dans l'isle de Crete
pour étudier les fages loix de Minos. Pen-

dant notre navigation les vents nous ont
contraints de relâcher dans l'isle de Cypre.
En attendant un vent favorable il eſt venu
faire ſes offrandes au temple : le voilà qui
en sort ; les vents nous appellent ; déjà nos
voiles s'enflent. Adieu, cher Télémaque :
un eſclave qui craint les Dieux doit ſuivre
fidèlement ſon maître. Les Dieux ne me
permettent plus d'être à moi : ſi j'étois à
moi , ils le ſavent, je ne serois qu'à vous
ſeul. Adieu : ſouvenez - vous des travaux
d'Ulyſse & des larmes de Pénélope ; ſou-
venez-vous des juſtes Dieux. O Dieux , pro-
tecteurs de l'innocence , en quelle terre suis-
je contraint de laiſser Télémaque !

Non, non, lui dis-je, mon cher Mentor, il ne dépendra pas de vous de me laiſser
ici : plutôt mourir que de vous voir partir
ſans moi. Ce maître ſyrien eſt-il impitoyable ? eſt-ce une tigreſse dont il a ſucé les
mamelles dans ſon enfance ? voudra-t-il
vous arracher d'entre mes bras ? Il faut
qu'il me donne la mort, ou qu'il ſouffre que
je vous ſuive. Vous m'exhortez vous-même

à fuir, & vous ne voulez pas que je fuie en
fuivant vos pas ! Je vais parler à Hazael, il
aura peut-être pitié de ma jeunefse & de
mes larmes : puifqu'il aime la fagefse &
qu'il va fi loin la chercher, il ne peut point
avoir un cœur féroce & infenfible : je me
jetterai à fes pieds, j'embrafserai fes genoux, je ne le laifserai point aller qu'il ne
m'ait accordé de vous fuivre. Mon cher
Mentor, je me ferai efclave avec vous ; je lui
offrirai de me donner à lui : s'il me refufe,
c'eft fait de moi, je me délivrerai de la vie.

Dans ce moment Hazael appella Men-
tor ; je me profternai devant lui. Il fut furpris de voir un inconnu en cette pofture :
Que voulez-vous ? me dit-il. La vie, répondis-je ; car je ne puis vivre fi vous ne
fouffrez que je fuive Mentor, qui eft à vous.
Je fuis le fils du grand Ulyfse, le plus fage
des Rois de la Grece qui ont renverfé la
fuperbe ville de Troie, fameufe dans toute
l'Afie. Je ne vous dis point ma naifsance
pour me vanter, mais feulement pour vous
infpirer quelque pitié de mes malheurs. J'ai

cherché mon pere par toutes les mers, ayant avec moi cet homme qui étoit pour moi un autre pere. La fortune, pour comble de maux, me l'a enlevé ; elle l'a fait votre esclave : souffrez que je le sois aussi. S'il est vrai que vous aimiez la justice, & que vous alliez en Grece pour apprendre les loix du bon Roi Minos, n'endurcissez point votre cœur contre mes soupirs & contre mes larmes. Vous voyez le fils d'un Roi qui est réduit à demander la servitude comme son unique ressource. Autrefois j'ai voulu mourir en Sicile pour éviter l'esclavage ; mais mes premiers malheurs n'étoient que de foibles essais des outrages de la fortune : maintenant je crains de ne pouvoir être reçu parmi vos esclaves. O Dieux ! voyez mes maux ; ô Hazael ! souvenez-vous de Minos, dont vous admirez la sagesse, & qui nous jugera tous deux dans le royaume de Pluton.

Hazael, me regardant avec un visage doux & humain, me tendit la main & me releva. Je n'ignore pas, me dit-il, la sagesse

& la vertu d'Ulyſse : Mentor m'a raconté
ſouvent quelle gloire il a acquiſe parmi les
Grecs ; & d'ailleurs la prompte renommée
a fait entendre ſon nom à tous les peuples
de l'orient. Suivez-moi, fils d'Ulyſse, je
ſerai votre pere juſqu'à ce que vous ayez
retrouvé celui qui vous a donné la vie.
Quand même je ne ſerois pas touché de la
gloire de votre pere, de ſes malheurs & des
vôtres, l'amitié que j'ai pour Mentor m'en-
gageroit à prendre ſoin de vous. Il eſt vrai
que je l'ai acheté comme eſclave, mais je
le garde comme un ami fidele : l'argent
qu'il m'a coûté m'a acquis le plus cher &
le plus précieux ami que j'aie ſur la terre.
J'ai trouvé en lui la ſageſse ; je lui dois tout
ce que j'ai d'amour pour la vertu. Dès ce
moment il eſt libre ; vous le ſerez auſſi : je
ne vous demande à l'un & à l'autre que
votre cœur.

En un inſtant je paſsai de la plus amere
douleur à la plus vive joie que les mortels
puiſsent ſentir. Je me voyois ſauvé d'un
horrible danger ; je m'approchois de mon

pays; je trouvois un secours pour y retourner ; je goûtois la consolation d'être auprès
d'un homme qui m'aimoit déjà par le pur
amour de la vertu : enfin je trouvois tout en
retrouvant Mentor pour ne le plus quitter.

Hazael s'avance sur le sable du rivage;
nous le suivons : on entre dans le vaisseau,
les rameurs fendent les ondes paisibles : un
zéphyr léger se joue dans nos voiles, il ani-
me tout le vaisseau & lui donne un doux
mouvement. L'isle de Cypre disparoît bientôt. Hazael, qui avoit impatience de connoître mes sentiments, me demanda ce que
je pensois des mœurs de cette isle. Je lui dis
ingénument en quels dangers ma jeunesse
avoit été exposée & le combat que j'avois
souffert au-dedans de moi. Il fut touché de
mon horreur pour le vice, & dit ces paroles : O Vénus, je reconnois votre puissance
& celle de votre fils ; j'ai brûlé de l'encens
sur vos autels : mais souffrez que je déteste
l'infâme mollesse des habitants de votre
isle, & l'impudence brutale avec laquelle
ils célebrent vos fêtes.

Enfuite il s'entretenoit avec Mentor de cette premiere puifsance qui a formé le ciel & la terre ; de cette lumiere infinie & immuable qui fe donne à tous fans fe partager ; de cette vérité fouveraine & univerfelle qui éclaire tous les efprits, comme le foleil éclaire tous les corps. Celui, ajoutoit-il, qui n'a jamais vu cette lumiere pure eft aveugle comme un aveugle-né : il pafse fa vie dans une profonde nuit, comme les peuples que le foleil n'éclaire point pendant plufieurs mois de l'année ; il croit être fage, il eft infensé ; il croit tout voir, & il ne voit rien ; il meurt, n'ayant jamais rien vu ; tout au plus il apperçoit de fombres & faufses lueurs, de vaines ombres, des fantômes qui n'ont rien de réel. Ainfi sont tous les hommes entraînés par le plaifir des fens & par le charme de l'imagination. Il n'y a point fur la terre de véritables hommes, excepté ceux qui confultent, qui aiment, qui fuivent cette raifon éternelle : c'eft elle qui nous infpire quand nous penfons bien ; c'eft elle qui nous reprend quand

nous penfons mal. Nous ne tenons pas
moins d'elle la raifon que la vie. Elle eft
comme un grand océan de lumiere : nos
efprits font comme de petits ruifseaux qui
en fortent, & qui y retournent pour s'y
perdre.

Quoique je ne comprifse pas encore parfaitement la profonde fagefse de ce difcours, je ne laifsois pas d'y goûter je ne
sais quoi de pur & de fublime : mon cœur
en étoit échauffé ; & la vérité me fembloit
reluire dans toutes ces paroles. Ils continue-
rent à parler de l'origine des Dieux, des
héros, des poètes, de l'âge d'or, du déluge,
des premieres hiftoires du genre humain,
du fleuve d'oubli où fe plongent les ames
des morts, des peines éternelles préparées
aux impies dans le gouffre noir du Tartare,
& de cette heureufe paix dont jouifsent les
juftes dans les Champs elyfées, fans crainte
de pouvoir la perdre.

Pendant qu'Hazael & Mentor parloient,
nous apperçûmes des dauphins couverts
d'une écaille qui paroifsoit d'or & d'azur,

En se jouant ils soulevoient les flots avec
beaucoup d'écume. Après eux venoient des
tritons qui sonnoient de la trompette avec
leurs conques recourbées. Ils environnoient
le char d'Amphitrite, traîné par des chevaux marins plus blancs que la neige, &
qui, fendant l'onde salée, laissoient loin
derriere eux un vaste sillon dans la mer.
Leurs yeux étoient enflammés, & leurs bou-
ches étoient fumantes. Le char de la Déesse
étoit une conque d'une merveilleuse figure;
elle étoit d'une blancheur plus éclatante
que l'ivoire, & les roues étoient d'or. Ce
char sembloit voler sur la face des eaux
paisibles. Une troupe de nymphes couron-
nées de fleurs nageoient en foule derriere
le char; leurs beaux cheveux pendoient sur
leurs épaules & flottoient au gré du vent.
La Déesse tenoit d'une main un sceptre
d'or pour commander aux vagues, de l'autre elle portoit sur ses genoux le petit Dieu
Palémon son fils pendant à sa mamelle.
Elle avoit un visage serein & une douce
majesté qui faisoit fuir les vents séditieux

& toutes les noires tempêtes. Les tritons conduifoient les chevaux & tenoient les rênes dorées. Une grande voile de pourpre flottoit dans l'air au-deſsus du char ; elle étoit à demi enflée par le ſouffle d'une multitude de petits zéphyrs qui s'efforçoient de la pouſſer par leurs haleines. On voyoit au milieu des airs Éole empreſſé, inquiet & ardent. Son viſage ridé & chagrin, ſa voix menaçante, ſes ſourcils épais & pendants, ſes yeux pleins d'un feu ſombre & auſtere, tenoient en ſilence les fiers aquilons & repouſſoient tous les nuages. Les immenſes baleines & tous les monſtres marins, faiſant avec leurs narines un flux & un reflux de l'onde amere, ſortoient à la hâte de leurs grottes profondes pour voir la Déeſſe.

Fin du Livre quatrieme.

SOMMAIRE

DU LIVRE CINQUIEME.

Télémaque raconte qu'en arrivant en Crete il apprit qu'Idoménée, Roi de cette isle, avoit sacrifié son fils unique pour accomplir un vœu indiscret ; que les Crétois, voulant venger le sang du fils, avoient réduit le pere à quitter leur pays ; qu'après de longues incertitudes ils étoient actuellement assemblés pour élire un autre Roi. Télémaque ajoute qu'il fut admis dans cette assemblée ; qu'il y remporta les prix à divers jeux ; qu'il expliqua les questions laissées par Minos dans le livre de ses loix ; & que les Vieillards juges de l'isle, & tous les peuples, voulurent le faire Roi, voyant sa sagesse.

LIVRE CINQUIEME.

APRÈS que nous eûmes admiré ce spec-
tacle, nous commençâmes à découvrir les
montagnes de Crete, que nous avions encore afsez de peine à diftinguer des nuées
du ciel & des flots de la mer. Bientôt nous
vîmes le fommet du mont Ida au-defsus des
autres montagnes de l'isle, comme un vieux
cerf dans une forêt porte fon bois rameux
au-defsus des têtes des jeunes faons dont
il eft fuivi. Peu-à-peu nous vîmes plus dif-
tinctement les côtes de cette isle, qui fe
préfentoient à nos yeux comme un amphithéâtre. Autant que la terre de Cypre
nous avoit paru négligée & inculte, autant
celle de Crete fe montroit fertile & ornée
de tous les fruits par le travail de fes habitants.

De tous côtés nous remarquions des
villages bien bâtis, des bourgs qui égaloient des villes, & des villes fuperbes.

Nous ne trouvions aucun champ où la
main du diligent laboureur ne fût impri-
mée; par-tout la charrue avoit laissé de
creux sillons : les ronces, les épines & toutes les plantes qui occupent inutilement la
terre, sont inconnues en ce pays. Nous
considérions avec plaisir les creux vallons
où les troupeaux de bœufs mugissoient
dans les gras herbages le long des ruisseaux;
les moutons paissants sur le penchant d'une
colline; les vastes campagnes couvertes de
jaunes épis, riches dons de la féconde Cé-
rès; enfin, les montagnes ornées de pam-
pres & de grappes d'un raisin déjà coloré
qui promettoit aux vendangeurs les deux
présents de Bacchus pour charmer les sou-
cis des hommes.

Mentor nous dit qu'il avoit été autrefois en Crete, & il nous expliqua ce qu'il
en connoissoit. Cette isle, dit-il, admirée
de tous les étrangers, & fameuse par ses cent
villes, nourrit sans peine tous ses habitants,
quoiqu'ils soient innombrables. C'est que
la terre ne se lasse jamais de répandre ses

biens fur ceux qui la cultivent. Son fein fécond ne peut s'épuifer; plus il y a d'hommes dans un pays, pourvu qu'ils foient laborieux, plus ils jouifent de l'abondance : ils n'ont jamais befoin d'être jaloux les uns des autres. La terre, cette bonne mere, multiplie fes dons felon le nombre de fes enfants qui méritent fes fruits par leur travail. L'ambition & l'avarice des hommes sont les feules fources de leur malheur : les hommes veulent tout avoir, & ils fe rendent malheureux par le defir du fuperflu; s'ils vouloient vivre fimplement, & fe contenter de fatisfaire aux vrais befoins, on verroit par-tout l'abondance, la joie, la paix & l'union.

C'eft ce que Minos, le plus fage & le meilleur de tous les Rois, avoit compris. Tout ce que vous verrez de plus merveilleux dans cette isle eft le fruit de fes loix. L'éducation qu'il faifoit donner aux enfants rend les corps fains & robuftes : on les accoutume d'abord à une vie fimple, frugale & laborieufe; on fuppofe que toute

volupté amollit le corps & l'esprit ; on ne
leur propose jamais d'autre plaisir que celui
d'être invincibles par la vertu , & d'acquérir beaucoup de gloire. On ne met pas seulement ici le courage à mépriser la mort
dans les dangers de la guerre , mais encore
à fouler aux pieds les trop grandes richesses
& les plaisirs honteux. Ici on punit trois
vices qui sont impunis chez les autres peuples ; l'ingratitude, la dissimulation, & l'a-
varice.

Pour le faste & la mollesse, on n'a jamais besoin de les réprimer, car ils sont
inconnus en Crete. Tout le monde y travaille, & personne ne songe à s'y enrichir ;
chacun se croit assez payé de son travail
par une vie douce & réglée, où l'on jouit
en paix & avec abondance de tout ce qui
est véritablement nécessaire à la vie. On
n'y souffre ni meubles précieux, ni habits
magnifiques, ni festins délicieux, ni palais
dorés. Les habits sont de laine fine & de
belles couleurs, mais tout unis & sans broderie. Les repas y sont sobres ; on y boit

peu de vin : le bon pain en fait la principale partie, avec les fruits que les arbres offrent comme d'eux-mêmes, & le lait des troupeaux. Tout au plus on y mange un peu de grofse viande fans ragoût; encore même a-t-on soin de réferver ce qu'il y a de meilleur dans les grands troupeaux de bœufs, pour faire fleurir l'agriculture. Les maifons y sont propres, commodes, riantes, mais fans ornements. La fuperbe architecture n'y eft pas ignorée; mais elle eft réfervée pour les temples des Dieux : & les hommes n'oferoient avoir des maifons femblables à celles des Immortels. Les grands biens des Crétois sont la fanté, la force, le courage, la paix & l'union des familles, la liberté de tous les citoyens, l'abondance des chofes nécefsaires, le mépris des fuperflues, l'habitude du travail & l'horreur de l'oifiveté, l'émulation pour la vertu, la foumiffion aux loix, & la crainte des juftes Dieux.

Je lui demandai en quoi confiftoit l'autorité du Roi; & il me répondit : Il peut tout

fur les peuples; mais les loix peuvent tout
fur lui. Il a une puiſance abſolue pour
faire le bien, & les mains liées dès qu'il
veut faire le mal. Les loix lui confient les
peuples comme le plus précieux de tous les
dépôts, à condition qu'il ſera le pere de ſes
ſujets. Elles veulent qu'un ſeul homme
ſerve par ſa ſageſſe & par ſa modération à
la félicité de tant d'hommes; & non pas que
tant d'hommes ſervent, par leur miſere &
par leur ſervitude lâche, à flatter l'orgueil
& la molleſſe d'un ſeul homme. Le Roi ne
doit rien avoir au-deſſus des autres, excepté ce qui eſt néceſſaire ou pour le ſou-
lager dans ſes pénibles fonctions, ou pour
imprimer aux peuples le reſpect de celui
qui doit ſoutenir les loix. D'ailleurs le Roi
doit être plus ſobre, plus ennemi de la molleſſe, plus exempt de faſte & de hauteur,
qu'aucun autre. Il ne doit point avoir plus
de richeſſes & de plaiſirs, mais plus de
ſageſſe, de vertu & de gloire, que le reſte
des hommes. Il doit être au-dehors le dé-
fenſeur de la patrie, en commandant les

armées; & au-dedans le juge des peuples,
pour les rendre bons, fages & heureux. Ce
n'eft point pour lui-même que les Dieux
l'ont fait Roi; il ne l'eft que pour être
l'homme des peuples : c'eft aux peuples
qu'il doit tout fon temps, tous fes soins,
toute fon affection; & il n'eft digne de la
royauté qu'autant qu'il s'oublie lui-même
pour fe facrifier au bien public.

Minos n'a voulu que fes enfants régnaf-
sent après lui qu'à condition qu'ils régne-
roient fuivant ces maximes. Il aimoit encore plus fon peuple que fa famille. C'eft
par une telle fagefse, qu'il a rendu la Crete
fi puifsante & fi heureufe; c'eft par cette
modération, qu'il a effacé la gloire de tous
les conquérants qui veulent faire fervir les
peuples à leur propre grandeur, c'eft-à-dire
à leur vanité ; enfin, c'eft par fa juftice,
qu'il a mérité d'être aux Enfers le fouve-
rain juge des morts.

Pendant que Mentor faifoit ce difcours
nous abordâmes dans l'isle. Nous vîmes le
fameux labyrinthe, ouvrage des mains de

l'ingénieux Dédale, & qui étoit une imita-
tion du grand labyrinthe que nous avions
vu en Egypte. Pendant que nous confidé-
rions ce curieux édifice, nous vîmes le peuple qui couvroit le rivage & qui accouroit
en foule dans un lieu afsez voifin du bord
de la mer. Nous demandâmes la caufe de
leur emprefsement; & voici ce qu'un Crétois, nommé Nauficrate, nous raconta :

Idoménée, fils de Deucalion & petit-fils
de Minos, dit-il, étoit allé, comme les autres Rois de la Grece, au fiege de Troie.
Après la ruine de cette ville il fit voile pour
revenir en Crete ; mais la tempête fut fi
violente, que le pilote de fon vaifseau, &
tous les autres, qui étoient expérimentés
dans la navigation, crurent que leur naufrage étoit inévitable. Chacun avoit la mort
devant les yeux ; chacun voyoit les abimes
ouverts pour l'engloutir ; chacun déploroit
fon malheur, n'efpérant pas même le trifte
repos des ombres qui traverfent le Styx après
avoir reçu la sépulture. Idoménée, levant
les yeux & les mains vers le ciel, invoquoit

Neptune : O puissant Dieu ! s'écrioit-il, toi qui tiens l'empire des ondes, daigne écouter un malheureux : si tu me fais revoir l'isle de Crete malgré la fureur des vents, je t'immolerai la premiere tête qui se présentera à mes yeux.

Cependant son fils, impatient de revoir son pere, se hâtoit d'aller au-devant de lui pour l'embrasser : malheureux, qui ne savoit pas que c'étoit courir à sa perte ! Le pere échappé à la tempête arrivoit dans le port desiré ; il remercioit Neptune d'avoir écouté ses vœux : mais bientôt il sentit combien ses vœux lui étoient funestes. Un pressentiment de son malheur lui donnoit un cuisant repentir de son vœu indiscret ; il craignoit d'arriver parmi les siens, & il appréhendoit de revoir ce qu'il avoit de plus cher au monde. Mais la cruelle Néméfis, Déesse impitoyable qui veille pour punir les hommes & sur-tout les Rois orgueilleux, poussoit d'une main fatale & invisible Idoménée. Il arrive : à peine ose-t-il lever les yeux. Il voit son fils : il recule, saisi d'horreur ; fes yeux cherchent, mais en vain, quelque autre tête moins chere qui puifse lui fervir de victime.

Cependant le fils fe jette à fon cou, & eft tout étonné que fon pere réponde fi mal à fa tendrefse ; il le voit fondant en larmes. O mon pere ! dit-il, d'où vient cette triftefse ? Après une fi longue abfence êtes-vous fâché de vous revoir dans votre royaume, & de faire la joie de votre fils ? Qu'ai-je fait ? vous détournez vos yeux de peur de me voir ! Le pere, accablé de douleur, ne répondit rien. Enfin, après de profonds foupirs, il dit : Ah ! Neptune, que t'ai-je promis ! à quel prix m'as-tu garanti du naufrage ! rends-moi aux vagues & aux rochers qui devoient en me brifant finir ma trifte vie ; laifse vivre mon fils. O Dieu cruel ! tiens, voilà mon fang, épargne le fien. En parlant ainfi il tira fon épée pour fe percer ; mais ceux qui étoient autour de lui arrêterent fa main.

Le vieillard Sophronyme, interprete des volontés des Dieux, lui afsura qu'il pour-

roit contenter Neptune sans donner la mort
à son fils. Votre promesse, disoit-il, a été
imprudente : les Dieux ne veulent point être
honorés par la cruauté ; gardez-vous bien
d'ajouter à la faute de votre promesse celle
de l'accomplir contre les loix de la nature ;
offrez à Neptune cent taureaux plus blancs
que la neige ; faites couler leur sang autour
de son autel couronné de fleurs ; faites fu-
mer un doux encens en l'honneur de ce
Dieu.

Idoménée écoutoit ce discours la tête
baissée & sans répondre ; la fureur étoit
allumée dans ses yeux ; son visage pâle &
défiguré changeoit à tout moment de cou-
leur ; on voyoit ses membres tremblants.
Cependant son fils lui disoit : Me voici,
mon pere ; votre fils est prêt à mourir pour
appaiser le Dieu ; n'attirez pas sur vous sa
colere : je meurs content puisque ma mort
vous aura garanti de la vôtre. Frappez,
mon pere ; ne craignez point de trouver en
moi un fils indigne de vous, qui craigne
de mourir.

En ce moment Idoménée tout hors de lui, & comme déchiré par les Furies infernales, surprend tous ceux qui l'obfervoient de près ; il enfonce fon épée dans le cœur de cet enfant : il la retire toute fumante & pleine de fang pour la plonger dans fes propres entrailles ; il eft encore une fois retenu par ceux qui l'environnent.

L'enfant tombe dans fon fang ; fes yeux fe couvrent des ombres de la mort ; il les entr'ouvre à la lumiere, mais à peine l'a t-il trouvée, qu'il ne peut plus la fupporter. Tel qu'un beau lis au milieu des champs, coupé dans fa racine par le tranchant de la charrue, languit & ne fe foutient plus ; il n'a point encore perdu cette vive blancheur & cet éclat qui charme les yeux, mais la terre ne le nourrit plus & fa vie eft éteinte : ainfi le fils d'Idoménée, comme une jeune & tendre fleur, eft cruellement moifsonné dès fon premier âge.

Le pere, dans l'excès de fa douleur, devient infenfible ; il ne sait où il eft, ni ce qu'il a fait, ni ce qu'il doit faire ; il marche

Tome I.   N

chancelant vers la ville, & demande son fils.

Cependant le peuple, touché de compassion pour l'enfant & d'horreur pour l'action barbare du pere, s'écrie que les Dieux justes l'ont livré aux Furies. La fureur leur fournit des armes ; ils prennent des bâtons & des pierres ; la discorde souffle dans tous les cœurs un venin mortel. Les Crétois, les sages Crétois, oublient la sagesse qu'ils ont tant aimée ; ils ne reconnoissent plus le petit-fils du sage Minos. Les amis d'Idoménée ne trouvent plus de salut pour lui qu'en le ramenant vers ses vaisseaux : ils s'embarquent avec lui ; ils fuient à la merci des ondes. Idoménée, revenant à soi, les remercie de l'avoir arraché d'une terre qu'il a arrosée du sang de son fils, & qu'il ne sauroit plus habiter. Les vents les conduisent vers l'Hespérie, & ils vont fonder un nouveau royaume dans le pays des Salentins.

Cependant les Crétois, n'ayant plus de Roi pour les gouverner, ont résolu d'en choisir un qui conserve dans leur pureté les loix établies. Voici les mesures qu'ils ont prises pour faire ce choix. Tous les principaux citoyens des cent villes sont assemblés ici. On a déjà commencé par des sacrifices ; on a assemblé tous les sages les plus fameux des pays voisins pour examiner la sagesse de ceux qui paroîtront dignes de commander. On a préparé des jeux publics où tous les prétendants combattront ; car on veut donner pour prix la royauté à celui qu'on jugera vainqueur de tous les autres & pour l'esprit & pour le corps. On veut un Roi dont le corps soit fort & adroit, & dont l'ame soit ornée de la sagesse & de la vertu. On appelle ici tous les étrangers.

Après nous avoir raconté toute cette histoire étonnante, Nausicrate nous dit : Hâtez-vous donc, ô Etrangers, de venir dans notre assemblée : vous combattrez avec les autres ; & si les Dieux destinent la victoire à l'un de vous, il régnera en ce pays. Nous le suivîmes, sans aucun désir de

vaincre, mais par la feule curiofité de voir
une chofe fi extraordinaire.

Nous arrivâmes à une efpece de cirque
très vafte, environné d'une épaiffe forêt :
le milieu du cirque étoit une arene préparée
pour les combattants ; elle étoit bordée par
un grand amphithéâtre d'un gazon frais fur
lequel étoit affis & rangé un peuple innombrable. Quand nous arrivâmes on nous reçut avec honneur ; car les Crétois font les
peuples du monde qui exercent le plus no-
blement & avec le plus de religion l'hofpi-
talité. On nous fit afseoir, & on nous invita
à combattre. Mentor s'en excufa fur fon
âge, & Hazael fur fa foible fanté.

Ma jeunefse & ma vigueur m'ôtoient
toute excufe ; je jettai néanmoins un coup
d'œil fur Mentor pour découvrir fa pensée ;
& j'apperçus qu'il fouhaitoit que je com-
battiffe. J'acceptai donc l'offre qu'on me
faifoit : je me dépouillai de mes habits ; on
fit couler des flots d'huile douce & luifante
fur tous les membres de mon corps ; & je
me mêlai parmi les combattants. On dit de

tous côtés que c'étoit le fils d'Ulyſse qui
étoit venu pour tâcher de remporter les
prix; & pluſieurs Crétois qui avoient été à
Ithaque pendant mon enfance me reconnurent.

Le premier combat fut celui de la lutte.
Un Rhodien d'environ trente-cinq ans ſur-
monta tous les autres qui oſerent ſe pré-
ſenter à lui. Il étoit encore dans toute la
vigueur de la jeuneſſe : ſes bras étoient ner-
veux & bien nourris ; au moindre mouvement qu'il faiſoit on voyoit tous ſes muſ-
cles : il étoit également ſouple & fort. Je
ne lui parus pas digne d'être vaincu, &,
regardant avec pitié ma tendre jeuneſſe,
il voulut ſe retirer : mais je me préſentai à
lui. Alors nous nous faisîmes l'un l'autre ;
nous nous serrâmes à perdre la reſpiration.
Nous étions épaule contre épaule, pied
contre pied, tous les nerfs tendus & les bras
entrelacés comme des ſerpents ; chacun
s'efforçant d'enlever de terre ſon ennemi.
Tantôt il eſſayoit de me ſurprendre en me
pouſſant du côté droit, tantôt il s'effor-

çoit de me pencher du côté gauche. Pendant qu'il me tâtoit ainſi, je le pouſsai avec
tant de violence, que ſes reins plierent : il
tomba ſur l'arene & m'entraîna ſur lui. En
vain il tâcha de me mettre deſſous ; je le
tins immobile ſous moi. Tout le peuple
cria : Victoire au fils d'Ulyſſe ! Et j'aidai
au Rhodien confus à ſe relever.

Le combat du ceſte fut plus difficile. Le
fils d'un riche citoyen de Samos avoit acquis une haute réputation dans ce genre de
combat. Tous les autres lui céderent ; il
n'y eut que moi qui eſpérai la victoire.
D'abord il me donna dans la tête, & puis
dans l'eſtomac, des coups qui me firent
vomir le ſang, & qui répandirent ſur mes
yeux un épais nuage. Je chancelai ; il me
preſſoit, & je ne pouvois plus reſpirer : mais
je fus ranimé par la voix de Mentor, qui
me crioit : O fils d'Ulyſſe, seriez-vous
vaincu ! La colere me donna de nouvelles
forces ; j'évitai plusieurs coups dont j'au-
rois été accablé. Auſſi-tôt que le Samien
m'avoit porté un faux coup & que ſon bras

s'alongeoit en vain, je le furprenois dans
cette pofture penchée : déjà il reculoit,
quand je haufsai mon cefte pour tomber
fur lui avec plus de force : il voulut efqui-
ver, & perdant l'équilibre, il me donna
le moyen de le renverfer. A peine fut-il
étendu par terre que je lui tendis la main
pour le relever. Il fe redrefsa lui-même,
couvert de poufsiere & de fang : fa honte
fut extrême ; mais il n'ofa renouveller le
combat.

Auffi-tôt on commença la courfe des
chariots, que l'on diftribua au fort. Le
mien fe trouva le moindre pour la légèreté
des roues & pour la vigueur des chevaux.
Nous partons : un nuage de poufsiere vole
& couvre le ciel. Au commencement je
laifsai les autres pafser devant moi. Un
jeune Lacédémonien, nommé Crantor,
laifsoit d'abord tous les autres derriere lui.
Un Crétois, nommé Polyclete, le fuivoit
de près. Hippomaque, parent d'Idoménée,
& qui afpiroit à lui fuccéder, lâchant les
rênes à fes chevaux fumants de fueur, étoit

tout penché fur leurs crins flottants ; & le
mouvement des roues de fon chariot étoit
fi rapide, qu'elles paroifsoient immobiles
comme les ailes d'un aigle qui fend les airs.
Mes chevaux s'animerent & fe mirent peu-
à-peu en haleine ; je laifsai loin derriere
moi prefque tous ceux qui étoient partis
avec tant d'ardeur. Hippomaque, parent
d'Idoménée, poufsant trop fes chevaux,
le plus vigoureux s'abattit, & par fa chûte
il ôta à fon maître l'efpérance de régner.

Polyclete, fe penchant trop fur fes chevaux, ne put fe tenir ferme dans une fe-
coufse ; il tomba, les rênes lui échapperent ;
& il fut trop heureux de pouvoir éviter la
mort. Crantor, voyant avec des yeux pleins
d'indignation que j'étois tout auprès de lui,
redoubla fon ardeur : tantôt il invoquoit les
Dieux & leur promettoit de riches offrandes ; tantôt il parloit à fes chevaux pour les
animer : il craignoit que je ne pafsafse entre la borne & lui ; car mes chevaux, mieux
ménagés que les fiens, étoient en état de le
devancer : il ne lui reftoit plus d'autre ref-

fource que celle de me fermer le pafsage.
Pour y réuffir, il hafarda de fe brifer contre la borne ; il y brifa effectivement fa
roue. Je ne fongeai qu'à faire promptement le tour pour n'être pas engagé dans
fon défordre ; & il me vit un moment
après au bout de la carriere. Le peuple
s'écria encore une fois : Victoire au fils
d'Ulyfse ! c'eft lui que les Dieux deftinent
à régner fur nous !

Cependant les plus illuftres & les plus
fages d'entre les Crétois nous conduifirent
dans un bois antique & facré, reculé de la
vue des hommes profanes, où les vieillards
que Minos avoit établis juges du peuple &
gardes des loix nous afsemblerent. Nous
étions les mêmes qui avions combattu dans
les jeux ; nul autre n'y fut admis. Les fages
ouvrirent le livre où toutes les loix de Minos font recueillies. Je me fentis faifi de
refpect & de honte quand j'approchai de
ces vieillards que l'âge rendoit vénérables
fans leur ôter la vigueur de l'efprit. Ils
étoient affis avec ordre, & immobiles dans

leurs places : leurs cheveux étoient blancs;
plusieurs n'en avoient presque plus. On
voyoit reluire sur leurs visages graves une
sagesse douce & tranquille ; ils ne se pres-
soient point de parler ; ils ne disoient que
ce qu'ils avoient résolu de dire. Quand ils
étoient d'avis différents, ils étoient si mo-
dérés à soutenir ce qu'ils pensoient de part
& d'autre, qu'on auroit cru qu'ils étoient
tous d'une même opinion. La longue expérience des choses passées, & l'habitude
du travail, leur donnoient de grandes vues
sur toutes choses : mais ce qui perfection-
noit le plus leur raison, c'étoit le calme de
leur esprit délivré des folles passions & des
caprices de la jeunesse. La sagesse toute
seule agissoit en eux, & le fruit de leur
longue vertu étoit d'avoir si bien domté
leurs humeurs, qu'ils goûtoient sans peine
le doux & noble plaisir d'écouter la raison.
En les admirant je souhaitai que ma vie
pût s'accourcir pour arriver tout-à-coup à
une si estimable vieillesse. Je trouvois la
jeunesse malheureuse d'être si impétueuse

& si éloignée de cette vertu si éclairée & si tranquille.

Le premier d'entre ces vieillards ouvrit le livre des loix de Minos. C'étoit un grand livre qu'on tenoit d'ordinaire renfermé dans une cassette d'or avec des parfums. Tous ces vieillards le baiserent avec respect ; car ils disent qu'après les Dieux, de qui les bonnes loix viennent, rien ne doit être si sacré aux hommes que les loix destinées à les rendre bons, sages, & heureux. Ceux qui ont dans leurs mains les loix pour gouverner les peuples doivent toujours se laisser gouverner eux-mêmes par les loix. C'est la loi & non pas l'homme qui doit régner. Tel étoit le discours de ces sages. Ensuite celui qui présidoit proposa trois questions, qui devoient être décidées par les maximes de Minos.

La premiere question étoit de savoir quel est le plus libre de tous les hommes. Les uns répondirent que c'étoit un Roi qui avoit sur son peuple un empire absolu, & qui étoit victorieux de tous ses ennemis.

D'autres foutinrent que c'étoit un homme fi riche qu'il pouvoit contenter tous fes defirs. D'autres dirent que c'étoit un homme qui ne fe marioit point, & qui voyageoit pendant toute fa vie en divers pays fans jamais être afsujetti aux loix d'aucune nation. D'autres s'imaginerent que c'étoit un barbare, qui, vivant de fa chafse au milieu des bois, étoit indépendant de toute police & de tout befoin. D'autres crurent que c'étoit un homme nouvellement affranchi, parcequ'en fortant des rigueurs de la fervitude il jouifsoit plus qu'aucun autre des douceurs de la liberté. D'autres enfin s'aviferent de dire que c'étoit un homme mourant, parceque la mort le délivroit de tout, & que tous les hommes enfemble n'avoient plus aucun pouvoir fur lui.

Quand mon rang fut venu, je n'eus pas de peine à répondre, parceque je n'avois pas oublié ce que Mentor m'avoit dit fouvent. Le plus libre de tous les hommes, répondis-je, eft celui qui peut être libre

dans l'efclavage même. En quelque pays
& en quelque condition qu'on foit, on eft
très libre pourvu qu'on craigne les Dieux,
& qu'on ne craigne qu'eux. En un mot,
l'homme véritablement libre eft celui qui,
dégagé de toute crainte & de tout defir,
n'eft foumis qu'aux Dieux & à fa raifon.
Les vieillards s'entre-regarderent en fouriant, & furent furpris de voir que ma ré-
ponfe fût précisément celle de Minos.

Enfuite on propofa la feconde queftion
en ces termes : Quel eft le plus malheureux
de tous les hommes ? Chacun difoit ce qui
lui venoit dans l'efprit. L'un difoit : C'eft
un homme qui n'a ni biens, ni fanté, ni
honneur. Un autre difoit : C'eft un homme
qui n'a aucun ami. D'autres foutenoient
que c'eft un homme qui a des enfants in-
grats & indignes de lui. Il vint un Sage de
l'isle de Lesbos qui dit : Le plus malheureux de tous les hommes eft celui qui croit
l'être ; car le malheur dépend moins des
chofes qu'on fouffre, que de l'impatience
avec laquelle on augmente fon malheur.

Tome I. O

A ces mots toute l'assemblée se récria :
on applaudit ; & chacun crut que ce Sage
lesbien remporteroit le prix sur cette question. Mais on me demanda ma pensée ; & je
répondis, suivant les maximes de Mentor :
Le plus malheureux de tous les hommes est
un Roi qui croit être heureux en rendant
les autres hommes misérables : il est doublement malheureux par son aveuglement ;
ne connoissant pas son malheur, il ne peut
s'en guérir ; il craint même de le connoître.
La vérité ne peut percer la foule des flatteurs pour aller jusqu'à lui. Il est tyrannisé
par ses passions ; il ne connoît point ses devoirs ; il n'a jamais goûté le plaisir de faire
le bien, ni senti les charmes de la pure
vertu. Il est malheureux, & digne de l'être :
son malheur augmente tous les jours ; il
court à sa perte ; & les Dieux se préparent
à le confondre par une punition éternelle.
Toute l'assemblée avoua que j'avois vaincu
le Sage lesbien ; & les vieillards déclarerent que j'avois rencontré le vrai sens de
Minos.

Pour la troifieme queftion, on demanda :
Lequel des deux eft préférable ; d'un côté,
un Roi conquérant & invincible dans la
guerre ; de l'autre, un Roi fans expérience
de la guerre, mais propre à policer fage-
ment les peuples dans la paix ? La plupart
répondirent que le Roi invincible dans la
guerre étoit préférable. A quoi fert, di-
foient-ils, d'avoir un Roi qui sache bien
gouverner en paix, s'il ne sait pas défendre
le pays quand la guerre vient ? les ennemis
le vaincront & réduiront fon peuple en fervitude. D'autres foutenoient, au contraire,
que le Roi pacifique seroit meilleur, parcequ'il craindroit la guerre & l'éviteroit
par fes soins. D'autres difoient qu'un Roi
conquérant travailleroit à la gloire de fon
peuple auffi-bien qu'à la fienne, & qu'il ren-
droit fes fujets maîtres des autres nations ;
au lieu qu'un Roi pacifique les tiendroit
dans une honteufe lâcheté. On voulut favoir mon fentiment. Je répondis ainfi :

Un Roi qui ne sait gouverner que dans
la paix ou dans la guerre, & qui n'eft pas

O ij

capable de conduire fon peuple dans ces
deux états, n'eft qu'à demi Roi. Mais fi
vous comparez un Roi qui ne fait que la
guerre, à un Roi fage, qui, fans favoir la
guerre, eft capable de la foutenir dans le
befoin par fes Généraux, je le trouve préférable à l'autre. Un Roi entièrement tourné
à la guerre voudroit toujours la faire pour
étendre fa domination & fa gloire propre;
il ruineroit fon peuple. A quoi fert-il à un
peuple que fon Roi fubjugue d'autres nations, fi on eft malheureux fous fon regne?
D'ailleurs les longues guerres entraînent
toujours après elles beaucoup de défordres;
les victorieux mêmes fe déreglent pendant
ces temps de confufion. Voyez ce qu'il en
coûte à la Grece pour avoir triomphé de
Troie; elle a été privée de fes Rois pendant
plus de dix ans. Lorfque tout eft en feu par
la guerre, les loix, l'agriculture, les arts,
languifsent. Les meilleurs Princes même,
pendant qu'ils ont une guerre à foutenir,
font contraints de faire le plus grand des
maux, qui eft de tolérer la licence, & de

fe fervir des méchants. Combien y a-t-il de
fcélérats qu'on puniroit pendant la paix,
& dont on a befoin de récompenfer l'au-
dace dans les défordres de la guerre ! Jamais aucun peuple n'a eu un Roi conquérant, fans avoir beaucoup fouffert de fon
ambition. Un conquérant, enivré de fa
gloire, ruine prefque autant fa nation vic-
torieufe que les nations vaincues. Un Prince
qui n'a point les qualités nécefaires pour
la paix ne peut faire goûter à fes fujets les
fruits d'une guerre heureufement finie : il
eft comme un homme qui défendroit fon
champ contre fon voifin, & qui ufurperoit
celui du voifin même, mais qui ne fauroit
ni labourer ni femer pour recueillir aucune moifson. Un tel homme femble né
pour détruire, pour ravager, pour renverfer le monde, & non pour rendre un peuple heureux par un fage gouvernement.

Venons maintenant au Roi pacifique. Il
eft vrai qu'il n'eft pas propre à de grandes
conquêtes ; c'eft-à-dire qu'il n'eft pas né
pour troubler le bonheur de fon peuple en

voulant vaincre les autres nations que la justice ne lui a pas soumifes : mais s'il eft véritablement propre à gouverner en paix , il a toutes les qualités nécefsaires pour mettre fon peuple en fûreté contre fes ennemis. Voici comment : Il eft jufte, modéré, & commode à l'égard de fes voifins; il n'entreprend jamais contre eux rien qui puifse troubler la paix : il eft fidele dans fes alliances. Ses alliés l'aiment, ne le craignent point, & ont une entiere confiance en lui. S'il a quelque voifin inquiet, hautain & ambitieux, tous les autres Rois voifins, qui craignent ce voifin inquiet, & qui n'ont aucune jaloufie du Roi pacifique, fe joignent à ce bon Roi pour l'empêcher d'être opprimé. Sa probité, fa bonne foi, fa modération, le rendent l'arbitre de tous les Etats qui environnent le fien. Pendant que le Roi entreprenant eft odieux à tous les autres, & fans cefse exposé à leurs ligues, celui-ci a la gloire d'être comme le pere & le tuteur de tous les autres Rois. Voilà les avantages qu'il a au-dehors.

Ceux dont il jouit au-dedans sont encore plus folides. Puifqu'il eft propre à gouverner en paix, je fuppofe qu'il gouverne
par les plus fages loix. Il retranche le fafte,
la mollefse & tous les arts qui ne fervent
qu'à flatter les vices : il fait fleurir les autres arts qui font utiles aux véritables befoins de la vie ; fur-tout il applique fes fujets
à l'agriculture. Par-là il les met dans l'a-
bondance des chofes nécefsaires. Ce peuple
laborieux, fimple dans fes mœurs, accoutumé à vivre de peu, gagnant facilement fa
vie par la culture de fes terres, fe multiplie
à l'infini. Voilà dans ce royaume un peuple
innombrable, mais un peuple fain, vigoureux, robufte, qui n'eft point amolli par
les voluptés, qui eft exercé à la vertu, qui
n'eft point attaché aux douceurs d'une vie
lâche & délicieufe, qui sait méprifer la
mort, qui aimeroit mieux mourir que de
perdre cette liberté qu'il goûte sous un fage
Roi appliqué à ne régner que pour faire régner la raifon. Qu'un conquérant voifin
attaque ce peuple, il ne le trouvera peut-

être pas afsez accoutumé à camper, à fe ranger en bataille, ou à drefser des machines pour afsiéger une ville : mais il le trouvera invincible par fa multitude, par fon courage, par fa patience dans les fatigues, par fon habitude de fouffrir la pauvreté, par fa vigueur dans les combats, & par une vertu que les mauvais fuccès mêmes ne peuvent abattre. D'ailleurs, fi ce Roi n'eft pas afsez expérimenté pour commander lui-même fes armées, il les fera commander par des gens qui en feront capables; & il faura s'en fervir fans perdre fon autorité. Cependant il tirera du fecours de fes alliés : fes fujets aimeront mieux mourir que de pafser fous la domination d'un autre Roi violent & injufte : les Dieux mêmes combattront pour lui. Voyez quelles refsources il aura au milieu des plus grands périls.

Je conclus donc que le Roi pacifique qui ignore la guerre eft un Roi très imparfait, puifqu'il ne fait point remplir une de fes plus grandes fonctions, qui eft de vain-

cre ses ennemis : mais j'ajoute qu'il est
néanmoins infiniment supérieur au Roi
conquérant qui manque des qualités nécessaires dans la paix, & qui n'est propre
qu'à la guerre.

J'apperçus dans l'assemblée beaucoup
de gens qui ne pouvoient goûter cet avis;
car la plupart des hommes, éblouis par les
choses éclatantes, comme les victoires &
les conquêtes, les préferent à ce qui est simple, tranquille & solide, comme la paix &
la bonne police des peuples. Mais tous les
vieillards déclarerent que j'avois parlé
comme Minos.

Le premier de ces vieillards s'écria : Je
vois l'accomplissement d'un oracle d'A-
pollon, connu dans toute notre isle. Minos
avoit consulté le Dieu pour savoir combien
de temps sa race régneroit suivant les loix
qu'il venoit d'établir. Le Dieu lui répondit : Les tiens cesseront de régner quand un
étranger entrera dans ton isle pour y faire
régner tes loix. Nous avions craint que
quelque étranger ne vînt faire la con-

quête de l'isle de Crete : mais le malheur
d'Idoménée, & la fagefse du fils d'Ulyfse
qui entend mieux que nul autre mortel les
loix de Minos, nous montrent le fens de
l'oracle. Que tardons-nous à couronner
celui que les deftins nous donnent pour
Roi?

Fin du cinquieme Livre.

SOMMAIRE

DU LIVRE SIXIEME.

Télémaque raconte qu'il refufa la royauté de Crete pour retourner en Ithaque : qu'il propofa d'élire Mentor, qui refufa auffi le diadême : qu'enfin l'afsemblée prefsant Mentor de choifir pour toute la nation, il leur avoit expofé ce qu'il venoit d'apprendre des vertus d'Ariftodeme, qui fut proclamé Roi au même moment : qu'enfuite Mentor & lui s'étoient embarqués pour aller en Ithaque ; mais que Neptune, pour confoler Vénus irritée, leur avoit fait faire le naufrage après lequel la Déefse Calypfo venoit de les recevoir dans fon isle.

LIVRE SIXIEME.

Aussi-tot les vieillards sortent de l'enceinte du bois sacré ; & le premier, me prenant par la main, annonça au peuple, déjà impatient dans l'attente d'une déci-sion, que j'avois remporté le prix. A peine acheva-t-il de parler, qu'on entendit un bruit confus de toute l'assemblée. Chacun pousse des cris de joie. Tout le rivage & toutes les montagnes voisines retentissent de ce cri : Que le fils d'Ulysse, semblable à Minos, regne sur les Crétois !

J'attendis un moment ; & je faisois signe de la main pour demander qu'on m'écou-tât. Cependant Mentor me disoit à l'oreille: Renoncez-vous à votre patrie ? l'ambition de régner vous fera-t-elle oublier Pénélope qui vous attend comme sa derniere espé-rance, & le grand Ulysse que les Dieux a-voient résolu de vous rendre ? Ces paroles

percerent mon cœur, & me foutinrent
contre le vain defir de régner.

Cependant un profond filence de toute
cette tumultueufe afsemblée me donna le
moyen de parler ainfi : O illuftres Crétois!
je ne mérite point de vous commander.
L'oracle qu'on vient de rapporter marque
bien que la race de Minos cefsera de régner
quand un étranger entrera dans cette isle,
& y fera régner les loix de ce fage Roi :
mais il n'eft pas dit que cet étranger régnera.
Je veux croire que je suis cet étranger marqué par l'oracle. J'ai accompli la prédiction; je suis venu dans cette isle; j'ai découvert le vrai fens des loix, & je fouhaite que
mon explication ferve à les faire régner
avec l'homme que vous choifirez. Pour
moi, je préfere ma patrie, la pauvre petite
isle d'Ithaque, aux cent villes de Crete, à
la gloire & à l'opulence de ce beau royaume. Souffiez que je fuive ce que les deftins
ont marqué. Si j'ai combattu dans vos jeux,
ce n'étoit pas dans l'efpérance de régner
ici; c'étoit pour mériter votre eftime &

Tome I.   P

votre compaſſion; c'étoit afin que vous me
donnaſſiez les moyens de retourner prompte-
tement au lieu de ma naiſſance. J'aime
mieux obéir à mon pere Ulyſse, & conſoler
ma mere Pénélope, que de régner ſur tous les
peuples de l'univers. O Crétois! vous voyez
le fond de mon cœur: il faut que je vous
quitte; mais la mort ſeule pourra finir ma
reconnoiſance. Oui, juſques au dernier
ſoupir, Télémaque aimera les Crétois, &
s'intéreſſera à leur gloire comme à la ſienne
propre.

A peine eus-je parlé qu'il s'éleva dans
l'aſſemblée un bruit ſourd ſemblable à celui des vagues de la mer qui s'entre-cho-
quent dans une tempête. Les uns diſoient:
Eſt-ce quelque divinité ſous une figure hu-
maine? D'autres ſoutenoient qu'ils m'a-
voient vu en d'autres pays, & qu'ils me re-
connoiſsoient. D'autres s'écrioient: Il faut
le contraindre de régner ici! Enfin je repris
la parole, & chacun ſe hâta de ſe taire, ne
ſachant ſi je n'allois point accepter ce que
j'avois refuſé d'abord. Je leur dis:

Souffrez, ô Crétois, que je vous dise ce
que je pense. Vous êtes le plus sage de tous
les peuples : mais la sagesse demande, ce me
semble, une précaution qui vous échappe.
Vous devez choisir, non pas l'homme qui
raisonne le mieux sur les loix, mais celui
qui les pratique avec la plus constante vertu. Pour moi je suis jeune, par conséquent
sans expérience, exposé à la violence des
passions, & plus en état de m'instruire en
obéissant pour commander un jour, que
de commander maintenant. Ne cherchez
donc pas un homme qui ait vaincu les autres dans les jeux d'esprit & de corps, mais
qui se soit vaincu lui-même ; cherchez un
homme qui ait vos loix écrites dans le fond
de son cœur, & dont toute la vie soit la
pratique de ces loix ; que ses actions, plutôt que ses paroles, vous le fassent choisir.

Tous les vieillards, charmés de ce discours, & voyant toujours croître les ap-
plaudissements de l'assemblée, me dirent :
Puisque les Dieux nous ôtent l'espérance de
vous voir régner au milieu de nous, du

moins aidez-nous à trouver un Roi qui fasse régner nos loix. Connoissez-vous quelqu'un qui puisse commander avec cette modération ? Je connois, leur dis-je d'abord, un homme de qui je tiens tout ce que vous avez estimé en moi ; c'est sa sagesse & non pas la mienne qui vient de parler, & il m'a inspiré toutes les réponses que vous venez d'entendre.

En même temps toute l'assemblée jetta les yeux sur Mentor, que je montrois, le tenant par la main. Je racontois les soins qu'il avoit eus de mon enfance, les périls dont il m'avoit délivré, les malheurs qui étoient venus fondre sur moi dès que j'avois cessé de suivre ses conseils.

D'abord on ne l'avoit point regardé à cause de ses habits simples & négligés, de sa contenance modeste, de son silence presque continuel, de son air froid & réservé. Mais quand on s'appliqua à le regarder, on découvrit dans son visage je ne sais quoi de ferme & d'élevé : on remarqua la vivacité de ses yeux & la vigueur avec laquelle il faifoit jufqu'aux moindres actions. On le queftionna, il fut admiré : on réfolut de le faire Roi. Il s'en défendit fans s'émouvoir : il dit qu'il préféroit les douceurs d'une vie privée à l'éclat de la royauté ; que les meilleurs Rois étoient malheureux en ce qu'ils ne faifoient prefque jamais les biens qu'ils vouloient faire, & qu'ils faifoient fouvent, par la furprife des flatteurs, les maux qu'ils ne vouloient pas. Il ajouta que fi la fervitude eft miférable, la royauté ne l'eft pas moins, puifqu'elle eft une fervitude déguisée. Quand on eft Roi, difoit-il, on dépend de tous ceux dont on a befoin pour fe faire obéir. Heureux celui qui n'eft point obligé de commander ! Nous ne devons qu'à notre feule patrie, quand elle nous confie l'autorité, le facrifice de notre liberté pour travailler au bien public.

Alors les Crétois, ne pouvant revenir de leur furprife, lui demanderent quel homme ils devoient choifir. Un homme, répondit-il, qui vous connoifse bien, puifqu'il faudra qu'il vous gouverne, & qui

craigne de vous gouverner. Celui qui defire la royauté ne la connoît pas : & comment en remplira-t-il les devoirs, ne les
connoifsant point ? Il la cherche pour lui :
& vous devez defirer un homme qui ne
l'accepte que pour l'amour de vous.

Tous les Crétois furent dans un étrange
étonnement de voir deux étrangers qui re-
fufoient la royauté, recherchée par tant
d'autres ; ils voulurent favoir avec qui ils
étoient venus. Naufrate, qui les avoit
conduits depuis le port jufqu'au cirque où
l'on célébroit les jeux, leur montra Hazael
avec lequel Mentor & moi nous étions venus de l'isle de Cypre. Mais leur étonnement
fut encore bien plus grand quand ils furent
que Mentor avoit été efclave d'Hazael ;
qu'Hazael, touché de la fagefse & de la vertu de fon efclave, en avoit fait fon confeil
& fon meilleur ami ; que cet efclave mis
en liberté étoit le même qui venoit de
refufer d'être Roi, & qu'Hazael étoit venu
de Damas en Syrie pour s'inftruire des loix
de Minos, tant l'amour de la fagefse rem-
plifsoit fon cœur.

Les vieillards dirent à Hazael : Nous
n'ofons vous prier de nous gouverner ; car
nous jugeons que vous avez les mêmes pensées que Mentor. Vous méprifez trop les
hommes pour vouloir vous charger de les
conduire ; d'ailleurs vous êtes trop détaché
des richeſses & de l'éclat de la royauté pour
vouloir acheter cet éclat par les peines attachées au gouvernement des peuples. Hazael
répondit : Ne croyez pas, ô Crétois, que
je méprife les hommes. Non, non : je sais
combien il eſt grand de travailler à les rendre bons & heureux ; mais ce travail eſt
rempli de peines & de dangers. L'éclat qui
y eſt attaché eſt faux, & ne peut éblouir
que des ames vaines. La vie eſt courte ; les
grandeurs irritent plus les paſſions qu'elles
ne peuvent les contenter : c'eſt pour apprendre à me paſſer de ces faux biens, &
non pas pour y parvenir, que je suis venu de
ſi loin. Adieu. Je ne ſonge qu'à retourner
dans une vie paiſible & retirée, où la ſageſſe nourriſſe mon cœur, & où les eſpé-
rances qu'on tire de la vertu pour une autre

meilleure vie après la mort me confolent dans les chagrins de la vieillefse. Si j'avois quelque chofe à fouhaiter, ce ne seroit pas d'être Roi, ce seroit de ne me séparer jamais de ces deux hommes que vous voyez.

Enfin les Crétois s'écrierent, parlant à Mentor : Dites-nous, ô le plus fage & le plus grand de tous les mortels, dites-nous donc qui eft-ce que nous pouvons choifir pour notre Roi ! nous ne vous laifserons point aller que vous ne nous ayez appris le choix que nous devons faire. Il leur répondit : Pendant que j'étois dans la foule des fpectateurs, j'ai remarqué un homme qui ne témoignoit aucun emprefsement : c'eft un vieillard afsez vigoureux. J'ai demandé quel homme c'étoit, on m'a répondu qu'il s'appelloit Ariftodeme. Enfuite j'ai entendu qu'on lui difoit que fes deux enfants étoient au nombre de ceux qui combattoient ; il a paru n'en avoir aucune joie : il a dit que pour l'un il ne lui fouhaitoit point les périls de la royauté, & qu'il aimoit trop fa patrie pour confentir que l'au-

tre régnât jamais. Par-là j'ai compris que
ce pere aimoit d'un amour raifonnable l'un
de fes enfants qui a de la vertu , & qu'il ne
flattoit point l'autre dans fes déréglements.
Ma curiofité augmentant , j'ai demandé
quelle a été la vie de ce vieillard. Un de vos
citoyens m'a répondu : Il a long - temps
porté les armes , & il eft couvert de blef-
fures : mais fa vertu fincere & ennemie de
la flatterie l'avoit rendu incommode à Idoménée. C'eft ce qui empêcha ce Roi de s'en
fervir dans le fiege de Troie ; il craignit un
homme qui lui donneroit de fages confeils
qu'il ne pourroit fe réfoudre à fuivre ; il
fut même jaloux de la gloire que cet homme ne manqueroit pas d'acquérir bientôt :
il oublia tous fes fervices ; il le laiffa ici
pauvre, méprifé des hommes groffiers & lâches qui n'eftiment que les richeffes. Mais,
content dans fa pauvreté , il vit gaiement
dans un endroit écarté de l'isle , où il cul-
tive fon champ de fes propres mains. Un
de fes fils travaille avec lui ; ils s'aiment
tendrement , ils sont heureux. Par leur fru-

galité & leur travail ils fe sont mis dans
l'abondance des chofes néceſsaires à une
vie fimple. Le fage vieillard donne aux pauvres malades de fon voiſinage tout ce qui
lui refte au-delà de ſes beſoins & de ceux
de fon fils. Il fait travailler tous les jeunes
gens ; il les exhorte , il les inftruit : il juge
tous les différends de fon voifinage ; il eft
le pere de toutes les familles. Le malheur
de la fienne eft d'avoir un fecond fils qui
n'a voulu fuivre aucun de ſes confeils. Le
pere, après avoir long-temps fouffert pour
tâcher de le corriger de ſes vices, l'a enfin
chafsé : il s'eft abandonné à une folle ambition & à tous les plaiſirs.

Voilà, ô Crétois, ce qu'on m'a raconté.
Vous devez favoir fi ce récit eft véritable.
Mais fi cet homme eft tel qu'on le dépeint,
pourquoi faire des jeux ? pourquoi afsem-
bler tant d'inconnus ? vous avez au milieu
de vous un homme qui vous connoît & que
vous connoiſsez ; qui fait la guerre, qui a
montré fon courage non feulement contre
les fleches & contre les dards, mais contre

l'affreufe pauvreté ; qui a méprisé les richefses acquifes par la flatterie ; qui aime
le travail ; qui sait combien l'agriculture
eft utile à un peuple ; qui détefte le fafte ;
qui ne fe laifse point amollir par un amour
aveugle de fes enfants ; qui aime la vertu
de l'un, & qui condamne le vice de l'autre ;
en un mot, un homme qui eft déjà le pere
du peuple. Voilà votre Roi, s'il eft vrai que
vous defiriez de faire régner chez vous les
loix du fage Minos.

Tout le peuple s'écria : Il eft vrai, Ariftodeme eft tel que vous le dites ; c'eft lui
qui eft digne de régner. Les vieillards le
firent appeller : on le chercha dans la foule,
où il étoit confondu avec les derniers du
peuple. Il parut tranquille. On lui déclara
qu'on le faifoit Roi. Il répondit : Je n'y
puis confentir qu'à trois conditions. La premiere, que je quitterai la royauté dans deux
ans fi je ne vous rends meilleurs que vous
n'êtes, & fi vous réfiftez aux loix. La feconde, que je serai libre de continuer une
vie fimple & frugale. La troifieme, que

mes enfants n'auront aucun rang, & qu'a-
près ma mort on les traitera fans diftinc-
tion, felon leur mérite, comme le refte
des citoyens.

A ces paroles il s'éleva dans l'air mille
cris de joie. Le diadême fut mis par le chef
des vieillards gardes des loix fur la tête
d'Ariftodeme. On fit des facrifices à Jupiter & aux autres grands Dieux. Ariftodeme
nous fit des préfens, non pas avec la magnificence ordinaire aux Rois, mais avec
une noble fimplicité. Il donna à Hazael les
loix de Minos écrites de la main de Minos
même; il lui donna auffi un recueil de toute
l'hiftoire de Crete depuis Saturne & l'âge
d'or : il fit mettre dans fon vaifseau des
fruits de toutes les efpeces qui font bonnes
en Crete & inconnues dans la Syrie, & lui
offrit tous les fecours dont il pouvoit avoir
befoin.

Comme nous preffions notre départ, il
nous fit préparer un vaifseau avec un grand
nombre de bons rameurs & d'hommes armés ; il y fit mettre des habits pour nous

& des provifions. A l'inftant même il s'é-
leva un vent favorable pour aller en Ithaque : ce vent, qui étoit contraire à Hazael,
le contraignit d'attendre. Il nous vit partir ;
il nous embrafsa comme des amis qu'il ne
devoit jamais revoir. Les Dieux sont juftes,
difoit-il, ils voient une amitié qui n'eft fon-
dée que fur la vertu : un jour ils nous réu-
niront; & ces champs fortunés où l'on dit
que les juftes jouifsent après la mort d'une
paix éternelle verront nos ames fe rejoin-
dre pour ne fe séparer jamais. Oh ! fi mes
cendres pouvoient aufli être recueillies avec
les vôtres ! En prononçant ces mots, il ver-
foit des torrents de larmes , & les foupirs
étouffoient fa voix. Nous ne pleurions pas
moins que lui : & il nous conduifit au vaiffeau.

Pour Ariftodeme, il nous dit: C'eft vous
qui venez de me faire Roi ; fouvenez-vous
des dangers où vous m'avez mis. Deman-
dez aux Dieux qu'ils m'infpirent la vraie
fagefse, & que je furpafse autant en modération les autres hommes, que je les furpafse

Tome I.   Q

en autorité. Pour moi, je les prie de vous
conduire heureusement dans votre patrie,
d'y confondre l'insolence de vos ennemis,
& de vous y faire voir en paix Ulysse régnant
avec sa chere Pénélope. Télémaque, je vous
donne un bon vaisseau plein de rameurs &
d'hommes armés ; ils pourront vous servir
contre ces hommes injustes qui persécutent
votre mere. O Mentor ! votre sagesse, qui
n'a besoin de rien, ne me laisse rien à desirer
pour vous. Allez tous deux, vivez heureux
ensemble ; souvenez-vous d'Aristodeme :
& si jamais les Ithaciens ont besoin des Crétois, comptez sur moi jusqu'au dernier sou-
pir de ma vie. Il nous embrassa, & nous ne
pûmes, en le remerciant, retenir nos larmes.

Cependant le vent qui enfloit nos voiles
nous promettoit une douce navigation. Déjà le mont Ida n'étoit plus à nos yeux que
comme une colline ; tous les rivages dispa-
roissoient : les côtes du Péloponnese sembloient s'avancer dans la mer pour venir
au-devant de nous. Tout-à-coup une noire

tempête enveloppa le ciel, & irrita toutes
les ondes de la mer. Le jour se changea en
nuit, & la mort se présenta à nous. O Neptune ! c'est vous qui excitâtes, par votre
superbe trident, toutes les eaux de votre
empire ! Vénus, pour se venger de ce que
nous l'avions méprisée jusques dans son
temple de Cythere, alla trouver ce Dieu;
elle lui parla avec douleur; ses beaux yeux
étoient baignés de larmes : du moins c'est
ainsi que Mentor, instruit des choses divines, me l'a asuré. Souffrirez-vous, Neptune, disoit-elle, que ces impies se jouent
impunément de ma puissance? Les Dieux
mêmes la sentent; & ces téméraires mortels ont osé condamner tout ce qui se
fait dans mon isle. Ils se piquent d'une sagesse à toute épreuve, & ils traitent l'a-
mour de folie. Avez-vous oublié que je
suis née dans votre empire? Que tardez-
vous à ensevelir dans vos profonds abîmes ces deux hommes que je ne puis souffrir ?

A peine avoit-elle parlé, que Neptune

souleva des flots jusqu'au ciel : & Vénus
rit, croyant notre naufrage inévitable.
Notre pilote, troublé, s'écria qu'il ne pouvoit plus réfister aux vents qui nous poufsoient avec violence vers des rochers : un
coup de vent rompit notre mât ; & un moment après nous entendîmes les pointes
des rochers qui entr'ouvroient le fond du
navire. L'eau entre de tous côtés ; le navire
s'enfonce ; tous nos rameurs poufsent de
lamentables cris vers le ciel. J'embrafse
Mentor, & je lui dis : Voici la mort, il
faut la recevoir avec courage. Les Dieux
ne nous ont délivrés de tant de périls que
pour nous faire périr aujourd'hui. Mourons, Mentor, mourons. C'eft une confolation pour moi de mourir avec vous ; il
seroit inutile de difputer notre vie contre
la tempête.

Mentor me répondit : Le vrai courage
trouve toujours quelque refsource. Ce n'eft
pas afsez d'être prêt à recevoir tranquillement la mort ; il faut, fans la craindre,
faire tous fes efforts pour la repoufser.

Prenons, vous & moi, un de ces grands
bancs de rameurs. Tandis que cette multitude d'hommes timides & troublés regrette la vie fans chercher les moyens de la
conferver, ne perdons pas un moment
pour fauver la nôtre. Auffi-tôt il prend
une hache, il acheve de couper le mât qui
étoit déjà rompu, & qui, penchant dans
la mer, avoit mis le vaiffeau fur le côté :
il jette le mât hors du vaiffeau, & s'élance
deffus au milieu des ondes furieufes ; il
m'appelle par mon nom, & m'encourage
pour le fuivre. Tel qu'un grand arbre que
tous les vents conjurés attaquent, & qui
demeure immobile fur fes profondes raci-
nes, en forte que la tempête ne fait qu'a-
giter fes feuilles : de même Mentor, non
feulement ferme & courageux, mais doux
& tranquille, fembloit commander aux
vents & à la mer. Je le suis. Hé! qui auroit
pu ne le pas fuivre étant encouragé par lui ?

Nous nous conduifions nous - mêmes
fur ce mât flottant. C'étoit un grand fecours pour nous, car nous pouvions nous

afseoir defsus; & s'il eût fallu nager fans
relâche, nos forces eufsent été bientôt
épuisées. Mais fouvent la tempête faifoit
tourner cette grande piece de bois, & nous
nous trouvions enfoncés dans la mer : a-
lors nous buvions l'onde amere, qui couloit de notre bouche, de nos narines & de
nos oreilles; & nous étions contraints de
difputer contre les flots, pour rattraper le
defsus de ce mât. Quelquefois aufli une
vague haute comme une montagne venoit
pafser fur nous, & nous nous tenions ferme, de peur que, dans cette violente fe-
coufse, le mât, qui étoit notre unique efpérance, ne nous échappât.

Pendant que nous étions dans cet état
affreux, Mentor, aufli paifible qu'il l'eft
maintenant fur ce fiege de gazon, me difoit : Croyez-vous, Télémaque, que votre
vie foit abandonnée aux vents & aux flots?
Croyez-vous qu'ils puifsent vous faire périr fans l'ordre des Dieux? Non, non; les
Dieux décident de tout. C'eft donc les
Dieux, & non pas la mer, qu'il faut crain-

dre. Fuffiez-vous au fond des abîmes, la
main de Jupiter pourroit vous en tirer. Fuffiez-vous dans l'Olympe, voyant les aftres
sous vos pieds, Jupiter pourroit vous plonger au fond de l'abîme, ou vous précipiter dans les flammes du noir Tartare. J'é-
coutois & j'admirois ce difcours qui me
confoloit un peu : mais je n'avois pas l'efprit afsez libre pour lui répondre. Il ne me
voyoit point : je ne pouvois le voir. Nous
pafsâmes toute la nuit, tremblants de froid
& demi-morts, fans favoir où la tempête nous jettoit. Enfin les vents commen-
cerent à s'appaifer, & la mer, mugifsant,
refsembloit à une perfonne qui, ayant été
long-temps irritée, n'a plus qu'un refte
de trouble & d'émotion, étant lafse de fe
mettre en fureur ; elle grondoit fourde-
ment, & fes flots n'étoient prefque plus
que comme les fillons qu'on trouve dans
un champ labouré.

Cependant l'Aurore vint ouvrir au Soleil les portes du ciel, & nous annonça
un beau jour. L'orient étoit tout en feu ;

& les étoiles, qui avoient été si long-
temps cachées, reparurent, & s'enfuirent à
l'arrivée de Phébus. Nous apperçûmes de
loin la terre, & le vent nous en appro-
choit : alors je sentis l'espérance renaître
dans mon cœur. Mais nous n'apperçûmes
aucun de nos compagnons : selon les ap-
parences, ils perdirent courage, & la tempête les submergea tous avec le vaisseau.
Quand nous fûmes auprès de la terre, la
mer nous poussoit contre des pointes de
rochers qui nous eussent brisés ; mais nous
tâchions de leur présenter le bout de notre mât : & Mentor faisoit de ce mât ce
qu'un sage pilote fait du meilleur gouvernail. Ainsi nous évitâmes ces rochers affreux, & nous trouvâmes enfin une côte
douce & unie, où, nageant sans peine,
nous abordâmes sur le sable. C'est là que
vous nous vîtes, ô grande Déesse qui ha-
bitez cette isle ; c'est là que vous daignâtes
nous recevoir.

Fin du Tome premier.

www.ingramcontent.com/pod-product-compliance
Lightning Source LLC
Chambersburg PA
CBHW051828020726
47502CB00005B/1678